ヌヌ　完璧なベビーシッター

レイラ・スリマニ
松本百合子 訳

集英社文庫

目次

ヌヌ　乳母という意味のフランス語「ヌーリス」が子ども言葉として定着したもの。雇い主の家または自宅で、ひとりあるいは複数の、赤ん坊から小学校高学年までの子どもの世話を定期的にする、いわゆるベビーシッター。アフリカからの移民が多く、家事全般を引き受けるケースも珍しくない。（訳者注）

ヌヌ　完璧なベビーシッター

エミールへ

ミス・ヴェジスは境界線を越えて、数人の子どもの面倒を見るためにある夫人の家に通っていた。［……］その夫人は、ミス・ヴェジスにはなんの価値もなく、きれい好きでもないし熱心に働くわけでもなかったとはっきりと述べた。夫人は一度として、ミス・ヴェジスにも彼女の人生があり、彼女自身のことで思い悩むときもあって、こうした悩みは実はミス・ヴェジスにとってこの世で何よりも重要であるなどとは考えたこともなかった。

ラドヤード・キプリング『高原平話集』

「わかりますか、学生さん、もうどこにも行く場所がないということが、どんなことかわかりますか？」昨夜、マルメラードフに聞かれたことが突然、思い出された。「どんな人間でも、どこかしら行くところがなくては、やっていけませんから」

ドストエフスキー『罪と罰』

赤ん坊は死んだ。ほんの数秒で事足りた。医師は、赤ん坊は苦しむことなく死んだと言った。おもちゃに囲まれて漂っていた、手足のだらんとした体はグレーの収納袋の中に横たえられ、ファスナーが閉められた。幼い少女のほうは救急隊が駆けつけたとき、まだ生きていた。彼女は獣のように荒々しく体をばたつかせた。体じゅうに激しい抵抗の跡が見てとれた。やわらかな爪の先には皮膚のかけらがついていた。病院に搬送される救急車の中で悶え苦しみ、痙攣《けいれん》で全身を震わせていた。眼球が飛びだし、必死で空気を吸おうとしても喉は血でふさがれていた。肺を刺され、頭を青いタンスに激しく打ちつけていたのだった。

警察は犯罪の起きた場所の写真を撮った。指紋をとり、バスルームと子ども部屋の面積を測った。プリンセスの絵が織られた絨毯には血が染みこんでいた。ベビーベッドはひっくりかえっていた。おもちゃは透明な袋に入れられ、封を閉じられた。青いタンスも裁判の役に立つだろう。

「母親は錯乱状態だった」救急隊員たちは口々にそう言い、警察も何度もそう繰り返し、ジャーナリストたちはそう書きたてた。子どもたちが横たわった部屋に入っていくと、母親は叫んだ。はらわたの底から突き上げる叫び、オオカミのようなうなり声。その叫びに壁が揺れた。五月の一日が暮れ始めた時間だった。警察が母親を見つけたときには、嘔吐物で汚れた服のまま、寝室で膝を抱え、気がふれた者のようにしゃくりあげていた。肺が裂けてしまうほど叫んでいた。ひとりの救急隊員がこっそり目で合図をし、足で蹴って抵抗する母親の体を仲間とともに起こし、救急医療救助サービスのインターンの若い女性が鎮静剤を服用させた。このインターンの女性は研修を始めてひと月も経っていなかった。

もうひとりの女性も救わなければならなかった。子どもたちの母親に対するのと同じプロ精神と公平な目で。彼女は人に死を与えることはできたが、自分は死ぬことはできなかった。両手首を切り、喉にナイフを突き立ててベビーベッドのしたで気を失っていた。救急隊員は女性の体を起こして、脈と血圧を測った。担架に横たわらせると、インターンの女性が彼女の首を手で支えた。

近所の人たちが建物のしたに集まっていた。その多くが女性たちだ。もうすぐ子どもたちを学校に迎えにいく時間だが、彼女たちは泣きはらした目で救急車を見つめている。涙を流しながら、何が起こったのかを探ろうとしている。警察の非常線の向こうで起こっていることを、けたたましいサイレンを鳴らしながら発進していく救急車の中で起こっていることを、少しでも見ようとしている。すでに噂が流れ始め、耳元で情報をささやき合っている。子どもたちに不幸が起きたのだと。

ここはパリ十区のオトヴィル通りにある、きれいな建物のアパルトマン。住人たちはお互いをよく知らないが、声を掛け合い、笑顔でボンジュールと挨拶を交わしあう。マッセ家の住まいは五階にある。この建物の中ではもっともちいさな住居だ。ポールとミリアムは、二番目の子どもが生まれたときに居間の真ん中に仕切りを作り、通りに面した窓とキッチンの間の、窮屈な部屋を寝室にしていた。ミリアムは、色とりどりの糸で織られたまだら模様の北アフリカの敷物が好きだ。壁には日本の浮世絵が掛かっている。

今日、ミリアムはいつもより早くオフィスを出た。会議を早く切り上げ、書類の作成は明日に延ばした。メトロ七号線の車両の補助椅子に座り、子どもたちを驚かせようと考えていた。メトロを降りるとパン屋に立ち寄り、バゲットと子どもたちのデザート、そしてヌヌのためにオレンジ風味のパウンドケーキを買った。ヌヌの好物だ。

ミリアムは子どもたちを近くの広場のメリーゴーラウンドに連れていこうと思った。夕食の買い物も一緒に行こう。ミラはきっとおもちゃをねだるだろう。アダムはベビーカーの中でちぎったパンのかけらをしゃぶるだろう。

アダムは死に、ミラは息絶えようとしていた。

「不法入国者はダメ、いいよね？　掃除とかペンキ塗りならしっかり仕事をすればいいだけの話だから不法入国でも構わないけど、でも、子どもを預かる立場としては危険すぎる。何か問題があったときに、警察に電話をしたり病院に行ったりすることを恐れるような人には来てもらいたくない。あとは、年を取りすぎていないこと、ベールをかぶっていないこと、タバコを吸わないこと、かな。大事なのは、元気で、仕事する時間があって、柔軟に対応してもらえること。ぼくらが心置きなく仕事できるように働いてくれる人がいいね」

ポールは準備万端、整えた。質問事項をリストにし、面接はひとり三十分として、子どもたちのヌヌを見つけるために土曜の午後の時間を確保した。

数日前、ミリアムがヌヌ探しについて友人のエマに話をすると、エマは自分の息子たちを預けている女性について不満をこぼした。「彼女自身にも息子がふたりいるから、遅くまで残って人の子どもの面倒まで見られないのよ。ほんとに不便だわ。面接するときに思いだして。自分の子どもがいるなら、フランスになんか来なければいいのよ」

ミリアムはアドバイスに礼を言いながらも、心の底では戸惑いを覚えていた。もし雇い主がこんな調子で人に話したとしたら、ヌヌたちはこぞって人種差別とわめきたてるだろう。しかも、子どもがいるという理由でその女性はヌヌとして失格と決めこむなんて、ひどい考え方だ。この件についてはポールに話さないほうがいいと思った。夫もエマと同じ。自分の家族とキャリアを最優先し、実用本位に考えるタイプだ。

今朝は家族四人でマルシェに行った。ミラはポールに肩車してもらい、アダムはベビーカーで眠っていた。花を買って帰り、今は部屋の片付けをしているところだ。これから次々とやってくるヌヌたちに、いいところを見せたいのだ。床やベッドのした、それにバスルームにまで散らかっている本や雑誌をかき集める。ポールはミラに、おもちゃをプラスチックの箱にしまいなさいと言うが、幼い娘がべそをかきながら抵抗するので、結局、自分で床に投げだしてあるものを拾っては壁ぎわに積み重ねていく。ミリアムは子どもたちの服をたたみ、ベッドのシーツを替える。拭き掃除をして、必要ないものを捨てて、息苦しいアパルトマンをなんとかして風通しをよくしようとしている。ひとりひとりのヌヌの目に、自分たちは子どもに最高の環境を望む善良でまじめで几帳面《きちょうめん》な両親であり、まぎれもない雇い主であると理解させたいのだ。

ミラとアダムはお昼寝をしている。ミリアムとポールはそのベッドの縁に、不安げで、困惑したような表情で腰かけている。これまで誰にも子どもを託したことがないのだ。ミリアムは弁護士になるための研修期間を終えようとしているときにミラを身ごもった。法曹資格を手にしたのは、出産の二週間前だった。出会った頃、ポールは様々な職場で見習いを重ねていた。ミリアムはそもそも彼の楽観主義に惹かれたのだったが、彼はふたり分の仕事ができると確信していた。不況による予算削減にも関わらず、音楽制作の仕事に一生を捧げられると信じていた。

ミラはひ弱な赤ん坊で、癇癪《かんしやく》持ちで泣いてばかりいた。母乳を飲むことも、父親が用意する哺乳瓶のミルクを飲むことも拒否して、なかなか体重が増えなかった。ミリアムは日がなベビーベッドに身をかがめ、外の世界の存在さえ忘れていた。彼女の野心は、この虚弱で騒々しい娘の体重を数グラムでも増やす、その一点に集約されていた。あっという間に時が過ぎていった。ポールとミリアムはミラから一時《ひととき》も離れなかった。友人たちがそんなふたりにイライラし、バーにもレストランにも赤ん坊の席はないからねと言って陰口をたたいていることも知っていたが、ポールとミリアムは素知らぬふりをしていた。ミリアムはベビーシッターという言葉を聞くことさえ断固拒否していた。娘の要求に応えてあげられるのは自分しかいないと思っていたのだ。

ミラが一歳半になろうとしているときに、再び子どもを授かった。ミリアムはアクシデントだったと言い張り、「ピルって、百パーセント確実ってことがないのね」と友達の前では冗談めかして笑っていたが、実際には入念に準備されたものだった。アダムを身ごもったのは、ミリアムが穏やかな家庭環境を離れずにすむための言い訳だった。その頃、ポールには一銭も貯金がなかったが、有名なスタジオの音響アシスタントとして雇われたところだった。そして、気まぐれなアーティストたちの人質にでもなったように、彼らのスケジュールに振り回されながら昼夜を問わず仕事をするようになった。ポールの目に、妻は子育てを楽しんでいるように見えた。世間や他人から遠く離れ、すべてのことから守られている、ぬくぬくとしたこの暮らしに満足しているように見えた。

時がだらだらと流れ始めた。家庭の完璧なメカニズムに支障が生じたのだ。ミラが生まれたばかりのときにはよく手伝いにきてくれたポールの両親は、田舎の家で過ごす時間が多くなっていた。大々的な改装工事に取りかかっていたのだ。さらに、ミリアムの出産が一ヶ月後に迫ったとき、ふたりは三週間のアジア旅行を企画し、ぎりぎりまでポールに知らせてこなかった。彼は憤慨し、ミリアムに向かって両親の身勝手さと軽率な行為に不平不満をもらした。しかし、ミリアムは内心ほっとしていた。義理の母のシルヴィにつきまとわれるのはうんざりだった。あれこれとアドバイスを聞かされ、冷蔵庫の中を引っかき回され、保存してある食料について批判されても、言いたいことをぐっとこらえていた。シルヴィは農家から無農薬の野菜を買っているのだ。ミラの食事の用意はしてくれるが、調理をしたあとのキッチンは恐ろしく汚い。ミリアムと義理の母親は意見の合うことがなかった。シルヴィがいると、アパルトマンには重苦しい気詰まりな空気がふつふつと漂い、一触即発状態だった。「ふたりの人生だからいいじゃない。自由になった今、楽しんで当然よ」ミリアムはポールにそう言った。

ミリアムはその先に待ち受けていることの重大さに気づいていなかったのだ。子どもがふたりになると、買い物に行くのも、お風呂に入れるのも、医者に行くのも、家事をすることさえも、すべてが複雑になった。請求書は積み重なり、ミリアムの気持ちは暗くなっていった。公園に行くのが大嫌いになった。冬の日中の時間が果てしなく長く感じられ、ミラのわがままに耐えられなくなり、アダムがばぶばぶと口をきき始めても感情を動かされることはなかった。日に日に、ひとりで歩きたいという欲求が強くなり、通りの真ん中で錯乱状態の女のように叫びたくなった。時折、「いつかあの子たちに生殺しにされる」と思うのだった。

ミリアムは夫に嫉妬していた。夜は扉の内側でひどく興奮しながら夫を待ち構え、彼の顔を見るなり、子どもたちの叫び声や部屋の狭さ、気晴らしの時間がないことを一時間かけてぶちまけた。ようやく夫の話す番になって、彼がヒップホップグループの波乱に満ちた録音の話を始めると、ミリアムは「あなたはいいわね」と吐きだすように言い、ポールは、「それはきみのほうだよ。子どもたちの成長をいつも見ていられたらどんなにいいかと思うよ」と反論した。こうした応酬には、どちらも勝つことも負けることもなかった。

夜、ポールは一日中働き詰めた者にふさわしい深い眠りについた。ぐっすり眠ることが彼には必要だった。その横でミリアムはとげとげしい気持ちになり、後悔からくる腹立たしさを抱えていた。両親からの支援もほんのわずかで金銭的にも厳しい中、学業を終えるために必死で積み重ねてきた努力、法曹界に登録されたときに感じた喜び、初めて法服をまとい誇らしい笑みを浮かべた彼女を、ポールが建物の前で写真におさめた瞬間などを思い起こしていた。

何ヶ月もの間、ミリアムはこの状況に耐えているふりをしていた。日々、どれほど恥ずかしい思いをしているか、ポールにさえも話せなかった。子どもたちとふざけ合い、スーパーマーケットで見知らぬ人と偶然に交わす短い会話以外、何も話すことがない自分に、死ぬほど恥ずかしさを感じていた。ディナーの誘いをことごとく断るだけでなく、友人からの電話にも出なくなった。ことさら、残酷になりうる女性たちには警戒した。ミリアムのことを賞賛するふりをする女たち、さらにひどいことに、ミリアムをうらやましがる女たちは、首を絞めてやりたいと思った。こうした女性たちが仕事の不満を言ったり子どもたちにあまり会えないとぼやくのを聞いたりすることに耐えられなくなっていたのだ。そして何よりも、初めて言葉を交わす相手を恐れた。どんな仕事をしていたのかと無邪気に訊いてくる人々、主婦としての生活を思い起こさせるような話題をふってくる人々を。

ある日、サン＝ドニ大通りにあるスーパーマーケット、モノプリで買い物をしながら、子ども用の靴下を無意識のうちにくすねてしまった。ベビーカーの中にあったその靴下に気づいたときには自宅のすぐ近くまで来ていたとはいえ、返しにいくこともできたのだがミリアムは戻らなかった。ポールに話しもしなかった。興味があるわけでもないのに、それなのに、ミリアムはその出来事について考えずにはいられなかった。この一件以来、定期的にモノプリに通い、シャンプーやクリーム、絶対に付けることのない口紅などをくすねては息子のベビーカーに隠した。捕まったとしたら、子育てに忙殺《ぼうさつ》されている母親を演じればいい、悪意がないことを信じてくれるだろうと確信していた。このくだらない盗みに、ミリアムは我を忘れるほど興奮し、通りに出ると、世界を手玉にとっているような気分になって思わず笑みがこぼれた。

偶然パスカルに会ったとき、ミリアムは何かのサインだと思った。法学部のかつての仲間は、すぐにはミリアムとは気づかなかった。幅の広すぎるパンタロン、履き古したブーツ、無造作にまとめたぼさぼさの髪。ミラが降りようとしないメリーゴーラウンドの前に立ち、馬にしがみついている娘が前を通りすぎるたびに、「これが最後よ」と繰り返し手でサインを出していた。視線を上げると、パスカルが微笑みかけていた。喜びと驚きを表すために大きく腕を広げて。ミリアムも、ベビーカーに両手を乗せたまま微笑みを返した。パスカルにはあまり時間がなかったが、運良く次のアポイントの場所がミリアムの家のすぐ近くだった。「ちょうど家に帰るところなの、一緒に歩かない？」彼女が提案した。

ミラは母親に無理矢理捕まえられると甲高い声で叫び、前進するのを拒むように足を踏ん張ったが、ミリアムはなんとか笑顔を作り、こんな状況にも冷静でいられるところを見せようとした。すり切れた襟をパスカルに見られてしまったに違いないと思い、コートのしたに着ているセーターのことが頭から離れなかった。さらに、ぱさついてもつれている髪の毛がきれいになりますようにと祈りを込めて、無我夢中でこめかみに手をやった。しかしパスカルはそんなことには気づく様子もなく、同窓生ふたりと自分自身の法律事務所を立ち上げたこと、その苦労や、自分の責任ですべてを取り仕切る喜びなどを話して聞かせた。ミリアムは彼の言葉に聞き惚れていたが、ミラがひっきりなしに邪魔をしようとするので、どんな手段を使ってでも黙らせたい思いで、パスカルから視線をそらすことなく、ポケットやバッグに手を突っこみ、棒付きキャンディ一本でも飴一個でも、娘の静寂を勝ち取れるものを探した。

パスカルは、子どもたちにはちらっと目をやったきりだった。名前も訊かなかった。ベビーカーの中で安心しきって眠っているかわいらしいアダムの顔さえ、パスカルを微笑ませることも、感動させることもなかった。

「ここだ」パスカルはそう言うと、ミリアムの頰にキスをした。「再会できてほんとに嬉しかった」パスカルが建物の中に入り、重々しい青い扉がばたんと閉まると、その音にミリアムは体をビクッとさせた。そして、口には出さずに祈り始めた。あまりにも絶望的な気持ちになり、地面に座りこんで泣きくずれてもおかしくないほどだった。できることならパスカルの足にすがりつき、自分も連れていってほしい、チャンスをくれと懇願したかった。帰宅するとがっくりと肩を落とし、おとなしく遊んでいるミラを見つめた。赤ん坊をお風呂に入れ、この〝幸せ〟、この素朴で、静かで、刑務所を思わせるような〝幸せ〟だけでは、自分は癒《いや》されることはないと思った。パスカルはきっとバカにしているだろう、法学部の仲間に電話をして、ミリアムの悲愴感に満ちた暮らしについて話したかもしれない。昔の面影はないよ、想像していたようなキャリアをつかめなかったんだな、などと言って。

架空の会話がミリアムの頭の中を飛び交い、眠れぬ夜を過ごした。翌朝、シャワーを浴びてバスルームを出ると、ショートメールの着信音がした。「きみが法律の世界に戻るつもりがあるかわからないけれど、もし興味があれば話をしないか？」ミリアムは嬉しくて叫び声を上げそうになった。アパルトマンの中を駆け回り、ミラにキスをすると、ミラは「ママ、どうしたの？　どうして笑ってるの？」と言って理由を知りたがった。ミリアムはあとになって、パスカルはあの日、自分の絶望に気づいたから声を掛けてくれたのだろうか、それとも単純に、彼がこれまで出会った中でもっともまじめな学生、ミリアム・シャルファと偶然出くわしたのはまたとない幸運と思ったのだろうかと自問した。あるいは、ミリアムのような女性を雇って、法廷の道に戻してあげることができる自分は恵まれていると考えたのかもしれない。

ミリアムはすぐさまポールに伝えたが、夫のリアクションにはがっかりさせられた。肩をすくめ、「仕事したいと思っていたなんて知らなかったよ」と言ったのだ。ミリアムは自分でも驚くほど猛烈に腹を立てた。会話は険悪になった。妻は夫をエゴイスト扱いし、夫は妻の振る舞いを軽率だと思った。「きみが仕事をする、それは構わないよ。でも、子どもたちはどうするつもりだ？」皮肉な笑みを浮かべ、妻の野心を一気に蹴落としたうえに、これまでアパルトマンに閉じこもって生活してきた事実をミリアムに突きつけた。

ふたりは落ちつきを取り戻すと、どんな選択肢があるかをじっくりと検討し始めた。一月末になっていたので、保育園も託児所も空きを期待しても無駄。市役所に知り合いはひとりもいない。彼女が仕事に戻るとすると、もっとも厄介な給料取得者としてみなされることになる。急な援助を求める権利を得るには収入が多すぎて、平日の朝から晩まで子どもたちの世話をしてくれるヌヌを雇用するとなると、貧しすぎて家計としては大きな出費となる。ふたりはしかし、ついに結論を出した。「残業代をプラスすると、ヌヌときみはほぼ同額の給料を稼ぐことになる。それでもきみが幸せになると言うなら……」ポールのこの言葉をミリアムは苦々しい気持ちで受け取り、夫を恨んだ。

ミリアムは中途半端な探し方はしたくなかった。手始めに近所にできたばかりの家政婦紹介所に行ってみることにした。簡素な内装のちいさなオフィスに三十代とおぼしき女性がふたり。入り口は淡いブルーで塗られ、星とラクダのイラストで飾られている。呼び鈴を鳴らすと、窓ガラスを通して紹介所の代表らしき女性がミリアムをじろじろと見た。その女性はのろのろと立ちあがり、半分開けた扉から頭だけ出して言った。

「はい」

「こんにちは」

「登録ですか？　書類はそろっていますかね。履歴書、かつての雇い主たちのサインのある紹介状も必要ですけど」

「いえ、違うんです。私の子どもたちのために来たんです。ヌヌを探しているんです」

女性の表情ががらりと変わった。お客さんを迎えることの嬉しさと同時に、つい先ほど見せてしまった侮蔑するような態度に後ろめたさを覚えているようだ。それにしても、密集した縮れ毛の疲れ果てた様子の女性が、歩道でめそめそしているかわいらしい女の子の母親だと、誰が思うだろう？

女性が開いた大きなカタログをミリアムは覗きこんだ。アフリカ、フィリピン出身の女性たちの写真が数十枚、次々とミリアムの目に飛びこんできた。ミラはおもしろがって、「この人、ブスだね」などと言って笑った。母親は娘をこづき、重苦しい気持ちで、雑に撮られたせいでぼやけたポートレイトに目を戻した。写真の女性たちは、誰ひとりとして微笑んでいない。

紹介所の女性にミリアムは嫌悪感を覚えた。偽善的な態度、丸い赤ら顔、端のすり切れたスカーフ。はっきりと見てとれた人種差別。こうしたすべてのことが、ミリアムをこの場からすぐにでも逃げだしたいと思わせた。ミリアムは礼儀上その女性と握手をし、夫に話してからまた来ますと約束して、二度と戻ることはなかった。その代わりに、近所の商店に自ら求人の三行広告を貼りにいった。友人のアドバイスに従って、ネット上でも「緊急」と明記して広告を出しまくった。一週間のうちに六人の女性から電話がかかってきた。

ミリアムは子どもを他人に託すという考えに恐れおののきつつも、ヌヌの存在を救世主でも待ちわびるように望んでいた。一方、母親である自分は、子どもたちのことならなんでもわかっている、子どもたちに関する秘密は自分の胸のうちにしまっておきたいとも思っていた。それぞれが好きなもの、それぞれの癖。具合が悪かったり、悲しい思いをしていたりすれば、すぐさまミリアムは感じとることができる。自分のようにふたりを守れる人は誰ひとりいないと確信していたからこそ、これまで子どもたちから目を離すことはなかったのだ。

子どもたちが生まれてから、何もかもが怖かった。ことさら、ふたりが死んでしまうことが。誰にも、ポールにさえも話したことはなかったが、ミリアムは、実は誰もが同じ考えを持っているに違いないと信じていた。子どもたちが寝ている姿を見ながら、もしこの体が死体だったら、閉じた目が永遠に開かなかったらどうしようと考える。どうすることもできない。残酷なシナリオが綴られていくのを、頭を振って追い払う。祈りの言葉を口ずさみながら、縁起をかついで木でできたものに手のひらを押しつけながら、母親からもらった「ファーティマの手」（アフリカ北部や中東の国々で知られる手の形をしたお守り）に触れながら。病気、事故、よこしまな欲を持つ者たちからふたりの子どもを守るために、悪霊を祓う。夜は、子どもたちが突然、消えてしまう夢を見る。無関心な群衆の真ん中で、「子どもたちはどこ？」とミリアムは叫んでいる。群衆がそれを見て、異常な女がいると言って笑っている。

「遅いなあ、最初からこれじゃ困るな」ポールはイライラしていた。扉のところまで行ってては、覗き窓から外の様子を窺《うかが》っている。午後二時十五分を過ぎているが、最初の候補、フィリピン人の女性がまだ来ないのだ。

午後二時二十分。ジジという名の女性が弱々しく扉を叩いた。扉を開けにいったミリアムの目に飛びこんできたのは、彼女のちいさな足だった。外は寒いというのに布製のテニスシューズにフリルのついた白いソックスをはいている。五十歳近い年齢の割には子どものような足。全体的にはまあまあエレガントで、三つ編みにした髪が背中の真ん中まで垂れている。ポールがすかさず遅刻をとがめると、ジジはうつむき、もごもごと謝罪の言葉を口にした。ひどいフランス語だ。ポールは気乗りしないまま英語で面接を始めた。ジジはこれまでの経験や故郷に残してきた子どもたちについて話し、一番したの子とはもう十年も会っていないと言った。雇うつもりはないものの、形式上の質問をして、二時三十分には送り出した。「連絡を取り合いましょう。サンキュー」

次は、不法滞在だが愛想のいいコートジボワール人のグラースという女性がきた。その後、汚いブロンドで、拒食症のカロリーヌ。彼女は面接の間じゅう、背中の痛みと血液の循環が悪いことについて不満を述べていた。続いて、モロッコ出身の中年女性マリカは、長年の経験と子どもたちへの愛情の深さを強調した。ミリアムの考えははっきりしていた。子どもたちの世話を自分と同じマグレブ人女性に任せるつもりはない。「いいじゃないか」ポールは彼女を説得しようとした。「きみはいやがるけれど、マリカは子どもたちとアラビア語で話してくれるだろうし」それでもミリアムは断固として拒否する。暗黙の結託が生まれ、彼女との間になれなれしさが定着するのを恐れているのだ。アラビア語で何か指摘されるのもいやだ。マリカは自分の人生を語って聞かせるだろう。そのうち、同じ言語と宗教を分かち合う者として、あれこれと頼んでくるだろう。移民同士の結束というものを、ミリアムはずっと疑ってかかっているのだ。

そして、ルイーズがやってきた。ミリアムはこの最初の面接について人に話すとき、「わかりきっていたわ」と言うのが大好きだ。まるで一目惚れをした恋人の話でもするように。そして、自分の娘がどう振る舞ったかについて強調する。「娘が彼女を選んだのよ」と断言する。その日、昼寝をしていたミラは弟の甲高い泣き声で起こされたところだった。ポールが赤ん坊を連れにいくと、ミラは父親の足元にからみつくようにしてついてきた。ルイーズが立ちあがった。ミリアムは、ここからが安心して子どもを預けられるヌヌとして惹かれた瞬間だと言って語気を強める。父親の腕からそっとアダムを受け取ったルイーズは、ミラの姿は見えないふりをした。「プリンセスはどこかしら？プリンセスが入ってきたような気がしたけど、消えてしまったわ」するとミラは声を上げて笑い始めた。ルイーズはテーブルのしたやソファーのうしろに目をやって、姿を消した謎のプリンセスを捜すふりを続けた。

ポールとミリアムはいくつか質問をした。ルイーズは、夫は亡くなり、娘のステファニーは成長し、「二十歳ですよ、信じられません」と言って微笑み、自分は完全に自由の身になったと語った。かつての雇い主たちの名前が書かれた書類をポールに差しだし、リストの一番うえに書かれていたルヴィエ家について話した。「長くお世話になった家庭です。やはりふたりの子どもがいました。男の子ふたりです」ポールもミリアムも、ルイーズに魅了された。すべすべした顔、誠実さのにじむ笑み、震えることのない唇。冷静で取り乱すことのない人に見えた。どんなことにも耳を傾け、ありとあらゆることを許せる女性特有のまなざし。暗い深淵が潜んでいるとは想像もつかない穏やかな海を思わせる顔。

その夜のうちに、ルイーズが置いていった書類にあった番号に電話をかけると、女性が冷たい口調で電話口に出た。しかし、ルイーズの名を告げたとたんに声のトーンが変わった。「ルイーズ？　彼女と出会えたなんて、あなたたちはなんて幸運なんでしょう。うちの息子たちにとって彼女は第二の母親のような存在でした。別れなくてはいけないときは、胸が張り裂けるような悲しみを味わったものです。実を言うと、ルイーズに残っていてもらいたいばかりに、三人目の子どもを作ってしまおうかと思ったほどでしたのよ」

ルイーズはアパルトマンの鎧戸を開けた。朝五時を少し過ぎたところで、街灯《とも》はまだ灯ったままだ。ひとりの男性が雨を避けるように壁伝いに歩いている。雨は夜じゅう降り続けた。風が煙突の中でひゅうひゅう音を立て、ルイーズの夢まで邪魔をした。建物の窓という窓を横殴りするような雨だった。ルイーズは外を眺めるのが好きだ。彼女の部屋のちょうど向かい側に、うらぶれたふたつの建物の間にはさまれるようにして、藪《やぶ》に覆われた庭に囲まれたちいさな一軒家がある。夏の初めに若いカップルが引っ越してきた。パリから来た家族で、子どもたちはブランコで遊んだり、日曜は野菜畑の雑草取りをしたりしている。ルイーズはいつも、彼らはどんな理由があってここにやってきたのだろうと考えている。

寝不足のせいで体が震えた。爪の先で窓の隅っこを引っかく。週に二度、一心不乱になって窓拭きをしているのに、窓ガラスはいつも曇って、ほこりがついて、黒く細長い筋ができているように見える。時折、ガラスを割ってしまうまで拭いていたくなる。人差し指に力を込めて強く引っかくと、爪が割れてしまった。ルイーズは指を口にふくみ、出血を止めようと強く嚙《か》んだ。

アパルトマンはワンルームで、寝室と居間を兼ねていた。ルイーズは毎朝、丁寧に折りたたみ式のベッドをたたみ、黒いカバーを掛けてソファーにする。ローテーブルで朝食をとり、テレビは終始、つけたままだ。段ボール箱が封をされたまま いくつも壁に押しつけられている。中には、そっけないこの部屋を生き生きとさせる何かが入っているのかもしれない。ソファーの右側に、赤い髪をした思春期の女の子の写真が、キラキラした額におさまっている。

ルイーズは丈の長いスカートとブラウスをソファーのうえにそっと掛けて、床に置いてあったフラットシューズを手にとった。十年以上前に買ったものだが、こまめに手入れをしているので、いまだに新しいもののように見える。四角いヒールの、ごくシンプルなエナメルの靴で、ちいさなリボンが付いている。ルイーズは腰かけ、コットンで化粧落としのクリームをすくって、片方の靴を磨き始めた。ゆっくりと、正確に手を動かす。この仕事に全神経を集中しているように、熱心に磨いていく。コットンが真っ黒になると、ルイーズは小型の円卓に置かれたランプに靴を近づけてみる。エナメルが十分に光っているのを確認すると、床に置き、もう片方の靴を手にとった。

まだ出かけるには早すぎる。窓拭きではがれてしまったマニキュアを塗り直す余裕はある。人差し指に絆創膏《ばんそうこう》を巻き、その他の指に控えめなピンク色のマニキュアを塗っていく。出費ではあったけれど、初めて美容院で染めてもらった髪をうなじのうえでまとめた。化粧をし、ブルーのシャドーをつけると老けて見えた。か細くて弱々しいシルエットの彼女は遠目には二十歳くらいにしか見えない。実際は倍以上だけれど。

かつて感じたことがないほど、ちいさく、狭く感じられる部屋の中を、ルイーズはぐるぐると動き回っている。腰かけたかと思うと、すぐさま立ちあがる。もう一度テレビをつけることも、お茶を飲むことも、ベッドの横に置いてある古くなった女性誌を読むこともできるだろう。しかしルイーズはリラックスできない。時の流れに身を任せるのが、だらんとしてしまうのが怖いのだ。この早起きのせいでルイーズは体調を崩しやすい。今も、ほんの少しでも目を閉じれば寝こんでしまい、遅刻してしまいそうだ。仕事始めの今日という日は、はつらつとして集中力を保っていなければならない。

自宅でじっとしていることができず、まだ六時前で出かけるには早すぎるがルイーズはＲＥＲ（パリ市内と郊外をつなぐ高速鉄道）の駅に向かって早足で歩き始めた。サン・モール・デ・フォセの駅まで十五分以上かかる。電車に乗りこむと、窓に額をつけて丸まって寝ている年老いた中国人の向かいに腰をおろした。ルイーズはその疲れ果てた顔をじっと見つめた。駅に着くたびに、その男を起こそうかどうしようかと迷った。目的の駅で降り損なってしまったら、遠くまで行きすぎてしまったら、終点まで行って目を覚まし、引き返さなくてはならなくなったらどうしようと心配なのだ。でも、何も言わない。見知らぬ人には話しかけないほうがいい。一度、褐色の髪のとてもきれいな女の子に殴られそうになった。「なんであたしのこと見てんのよ。なんか用でもあんの?」とどなられたのだ。

オペール駅に着くとルイーズは電車から飛びおりた。人が多くなり始め、メトロに続く階段をのぼっていると、ひとりの女性がぶつかってきた。クロワッサンの胸の悪くなるようなにおいとチョコレートの焦げたにおいに、一瞬吐き気を覚えた。オペラ駅で七号線に乗り、ポワッソニエール駅で降りて地上に出た。

ルイーズは一時間も早く着いてしまい、なんの変哲もない「パラダイス」というカフェに腰を落ちつけた。そこからは、これから向かう建物の入り口が見える。手持ちぶさたにスプーンをいじくりながら、右手に座っている男性が下唇のぶ厚いいやらしそうな口でタバコを吸っているのをうらやましそうに眺めた。その男からタバコを取りあげ、ゆっくりと吸ってみたい衝動にかられた。我慢できなくなって席を立ち、コーヒー代を払って、静まり返った建物の中に入った。十五分経ったらベルを鳴らそうと思い、四階と五階の間の階段に腰をおろして待つことにした。物音がしたので立ちあがろうとすると、ポールが階段を駆けおりてくるのが見えた。腕に自転車を抱え、頭にはピンク色のヘルメットをかぶっている。

「ルイーズ？　ずっと前からここにいるんですか？　どうして部屋に入ってこないんですか？」

「お邪魔したくなくて」

「邪魔なんてとんでもない。逆ですよ。ほら、これがあなたの鍵です」ポケットの中から出した鍵を差しだしながら言った。「さあ、どうぞ。自分の家だと思ってくださいね」

「うちのヌヌは妖精のように素晴らしい女性なの」彼らの日常生活にルイーズという女性が登場したことを人に話して聞かせるときミリアムが必ず口にする言葉だ。息苦しく、窮屈だったアパルトマンを穏やかで明るい空間に変えてしまったのだから、きっと魔法のような力を持っているのだろう。実際、ルイーズはタンスをより奥へと押しやり、引き出しを使いやすくし、室内に光を取りこんだ。

最初の日、ミリアムはルイーズにいくつか指示を出した。電化製品がどのように機能するか見せ、置物や衣類を指差しながら、「これには気をつけてくださいね、とても大切にしているものなんです」と繰り返した。子どもたちには触れる権利のないポールのレコードのコレクションにはことさら気をつけるよう忠告した。ルイーズは口を閉じたまま、おとなしくうなずいていた。征服する土地を前に立ちはだかる将軍のように落ちつきはらった態度でひとつひとつ眺めていた。

初日から数週間で、ルイーズは雑然としていたアパルトマンをブルジョワ家庭のような完璧な内装に変えた。昔ながらのやり方と、彼女なりの完璧主義を押し通しながら。ミリアムもポールも、目の前で起きていることを信じられずにいた。針と糸を探すのが億劫《おつくう》で何ヶ月も前から放っておいたジャケットのボタンが付いている。スカートやパンタロンのすそのほつれが繕《つくろ》ってある。ミリアムがためらうことなく捨てようとしていたミラの服が元あった場所にしまわれている。タバコとほこりで黄ばんでいたカーテンがきれいに洗われている。週に一度はシーツとベッドカバーが取り替えられている。ふたりは大満足だった。ポールはルイーズに、まるでメリー・ポピンズですねと微笑みながら言った。このお世辞をルイーズが理解できたかどうか、確信は持てなかったが。

夜、さっぱりと洗いあげられたシーツにくるまり、ふたりは信じられない思いで、自分たちが手に入れた新しい暮らしが嬉しくて、くすくすと笑った。運良く、掘り出し物に巡り会えたような気分だった。もちろんルイーズに支払う給料は家計に重くのしかかったが、ポールは文句は言わなくなった。そして、ほんの数週間のうちに、ルイーズの存在は家族にとって欠かせないものになった。

夜は、ミリアムが帰宅すると夕食が用意されている。子どもたちはおとなしく、髪もきちんと梳《と》かしてある。ミリアムが気恥ずかしくて培《つちか》っていこうとしなかった、理想的な家庭像というものをルイーズは現実のものにしていった。幼いミラに片付けることを教え、彼女は目を丸くして驚いている母親の前で自分のコートを洋服掛けに掛けてみせた。

無駄なものは家の中から消えた。ルイーズがいると、何ひとつ積み重なるものはない。汚れた洋服も、お皿も。開封し忘れて雑誌のしたで眠っている郵便物もない。腐るものは何ひとつないし、長い間、棚の奥に放置されたままの食料もない。ルイーズは何ひとつ手抜きをすることはない。ルイーズの仕事は緻密だ。表紙が花柄模様のちいさな手帖に、なんでもメモしておく。ダンスのレッスンの時間、幼稚園の終業時間、小児科医の診察時間。子どもたちが服用している薬の名前、メリーゴーラウンドのある広場で買ったアイスクリームの値段、ミラの先生から言われた一言一句まで。

数週間経った頃から、ルイーズはためらうことなく家の中に置いてあるものの位置を変えるようになった。タンスの中を空っぽにし、コートとコートの間にラベンダーの匂い袋を吊るし、花束をこしらえて飾る。そして、アダムがすやすやと寝こんで、ミラを幼稚園に迎えにいくまでの間、ルイーズは腰をおろして、自分の仕事を満足げに眺めた。静まり返ったアパルトマンは、まるで許しを乞う者のように、完全に彼女の支配下だ。

しかし、ルイーズが見事なまでに本領を発揮するのはキッチンだ。ミリアムはルイーズに料理が苦手で味おんちであることも白状していた。ポールはヌヌの料理を絶賛し、子どもたちはヌヌから与えられるものは、「残さず食べなさい」と言われるまでもなく黙ってたいらげた。ミリアムとポールはまた友達を家に招待するようになり、みな、子牛のブランケットやポトフ、セージ風味の子牛のすね肉や歯ごたえのある野菜を大喜びで堪能した。友達はミリアムを褒めたたえ、お世辞を浴びせたが、いつも彼女は、「うちのヌヌが全部作ったのよ」と正直に打ち明けた。

ミラが幼稚園に行っている間、ルイーズは幅の広い紐でアダムを抱っこして過ごした。赤ん坊のむっちりとした太腿《もも》が自分のお腹に当たったり、眠りこんでよだれが垂れるのを首に感じたりするのが好きなのだ。ルイーズは赤ん坊をあやしながら、一日中、子守唄を歌った。赤ん坊の体をやさしくなで、やわらかなたるみを、ピンク色のふっくらした頬をもてあそんだ。朝、アダムはばぶばぶ言いながら、ぽっちゃりした腕を差しだしてルイーズを歓迎した。ルイーズが仕事を始めてから数週間すると、アダムはよちよち歩きができるようになった。夜泣きをしていた赤ん坊は、朝までぐっすり眠るようになった。

ミラ、彼女はそう簡単にはいかなかった。バレリーナのような佇《たたず》まいのひ弱な少女。ルイーズが髪の毛をうしろできつく結ぶので、ミラの目はこめかみのほうに引っ張られてつり上がっている。額が広く、高貴で冷ややかな視線の、中世のヒロインに似ている。ミラは気難しく、おとなを疲れさせる子どもだ。気に障ることがあると、どんなささいなことであれ、わめき散らすことで自分の不満を表現した。通りのど真ん中で寝転がり、足をばたつかせ、地面を引きずられながら、ルイーズに恥をかかせるのだ。ヌヌがかがみ込んで言い聞かせようとすると、ミラはそっぽを向いた。部屋では壁紙の模様のチョウチョの数を大きな声で数えだす。泣くときには自分の顔を鏡に映して、その泣き顔をじっと見ている。この子は自分が人の目にどう映っているか、そればかり考えているのだ。通りを歩くときには、ショーウィンドーに映る自分の姿に目を凝らした。自分を見ることに夢中になっているものだから、何度も通りの杭にぶつかったり、ちいさな障害物で足をよろめかせたりした。

ミラは抜け目ない子だ。通りでは公衆の目があるので、ルイーズが恥ずかしい思いをするとわかっているのだ。確かにルイーズは人前では早々に妥協せざるをえなかった。おもちゃ屋さんの前では必ずミラが金切り声を上げるので、店のある大通りは避けて通らなくてはならなかった。

幼稚園までの道のりを、ミラは足を引きずりながらもたもた歩いた。マルシェの果物売り場に並んでいるフランボワーズをかすめ取った。ショーウィンドーの一段高くなったへりにのぼり、建物の玄関口に隠れ、一目散に駆けだすこともあった。ルイーズはアダムを乗せたベビーカーを押しながら追いかけ、少女の名前を大声で呼ぶが、歩道の先端に行きつくまでミラは突進する。そんなミラでも後悔するときもある。ルイーズの顔が蒼白になっていると、自分が引き起こすかもしれない惨事が心配になるのだ。すると笑顔に戻り、すりよってきて、甘ったれた顔で許しを求める。ヌヌの足にしがみつき、涙を流して、お願いだからやさしくしてよと言う。

そんな手強い少女も、ルイーズはゆっくりと手なずけていった。毎日、物語を話して聞かせた。いつも最後には同じ登場人物が出てくるお話。孤児、道に迷った少女、牢屋に入れられたプリンセス、人食い鬼たちが放置されているお城。かぎ鼻の鳥、一本足の熊、憂鬱《ゆううつ》なユニコーン、奇妙な半獣神《はんじゅうしん》。こうした生き物たちがルイーズの心象風景に住みついているのだ。ミラはお話が始まると口を閉じる。ヌヌの隣に腰かけ、耳を澄ましてじりじりしながらお話の続きを待つ。そして、いつもの登場人物を早く出して、とお願いする。どこからこうしたお話が生まれてくるのだろうか。それは、ルイーズの頭の中から、考えることもなく、記憶や想像を働かせようと努力することもなく次々と湧きでてくるのだ。それにしてもルイーズは、世のためでもないのに最後にはやさしい人たちが死んでしまうような残酷な話を、どんな黒い湖、奥深い森に探しにいくのだろう。

法律事務所の扉が開く音がすると、ミリアムはいつもがっかりさせられる。同僚が到着し始める九時半頃になると、コーヒーを淹《い》れ、電話が鳴り、床のきしむ音がして、静寂が破られるからだ。

ミリアムは八時前にはオフィスに到着する。いつも一番乗りだ。デスクのうえのちいさなランプだけ点《とも》し、洞窟のような静けさの中、光の輪に包まれていると、学生時代の集中力を取り戻せるのだ。すべてを忘れ、書類の検証だけに没頭する喜びを嚙みしめながら、どっぷりと仕事に浸ることができる。時には、書類を手に薄暗い廊下を歩き、考えていることをつぶやいたり、ベランダに出てコーヒーを飲んだりしながらタバコを吸うこともある。

仕事始めの日、ミリアムは子どものように興奮して、夜明けとともに目覚めた。新調したスカートにハイヒールを履くと、ルイーズは「なんてきれいなんでしょう」と感嘆の声を上げた。アダムを腕に抱え、玄関扉まで送ってきたルイーズは雇い主の背中に向かって繰り返した。「子どもたちのことはどうぞご心配なく。うちの中のこともすべてうまくいきますよ」

パスカルはミリアムを熱烈に歓迎した。自分のオフィスと扉ひとつでつながっている部屋を彼女に与え、しかもその扉はほとんどいつも開かれたままになっている。ミリアムは初日からたったの二、三週間で、古株になりつつある仲間たちには与えられなかった責任ある仕事を任された。数ヶ月経つと、ひとりで十数件もの案件を受け持つようになった。パスカルはミリアムに、どんどん腕を磨いて、計り知れぬ能力を発揮できるようになってほしいと激励した。ミリアムは決してノーと言わない。パスカルが差しだすどんな仕事も断らない。遅くまで仕事をすることに不平不満をこぼすこともない。「きみは完璧だね」とパスカルは度々《たびたび》口にする。何ヶ月もの間、ミリアムはひっきりなしにつまらない案件を山ほど抱えて押しつぶされそうになっていた。みじめな麻薬のディーラー、露出狂、才能のない強盗、酔っぱらい運転で捕まった人、さらに、累積債務、クレジットカードを使った不正行為、身分証明詐欺の弁護も担当した。

パスカルはミリアムが新しい顧客を見つけてくることを期待し、裁判に時間を費やすようやる気を奮いたたせた。月に二度、ミリアムは治安の悪さで知られる街、ボビニーの裁判所に出向いている。腕時計に目を釘付けにして夜の九時まで廊下でじりじりしながら待つ。時々、苛立って、途方に暮れている依頼主に向かって乱暴に返事をしてしまうこともある。それでもミリアムは最善を尽くし、できる限りの結果を手に入れる。パスカルは何度も繰り返す。「きみは担当する案件の詳細を隅々まで把握しているね」そこにこそミリアムは力を尽くす。調書は深夜遅くになってでも読み直し、少しでも曖昧な点があれば検証し直し、訴訟手続きにおけるささいな誤りも見逃さない。強迫観念に取り憑《つ》かれている人のような熱心さで仕事に臨み、それはいつも報われる。過去の依頼人が知人にミリアムを紹介してくれるのだ。彼女の名前は勾留された人たちの間で知れわたり、彼女の弁護のおかげで禁固刑を免れた若者は必ずお礼をしたいと言う。「助けてくれてありがとう。あなたのことは絶対に忘れないよ」

ある日、ミリアムはかつての依頼人の男性が警察に留置されたというので、真夜中に呼びだされた。家庭内暴力の容疑で捕まったのだ。その男性はミリアムには、女性に手を上げることさえできないと誓っていた。ミリアムは深夜二時に、明かりもつけぬ暗闇の中で物音を立てないようにして着替えをし、ポールにキスをした。彼はもごもごつぶやくと背中を向けてしまった。

夫はしょっちゅう妻に向かって、きみは働きすぎだと言う。そのたびにミリアムは腹が立つ。その態度にポールはむっとしながらも、妻の健康を気に掛け、パスカルにつけこまれているのではないかと心配し、必要以上に親切心を装ってみせる。ミリアムは罪悪感に蝕《むしば》まれることのないように、子どもたちのことは考えまいとしている。それなのに、時折、みんなが結束して彼女に対抗しているのではないかと思えてくる。義理の母親は、「ミラがこんなにしょっちゅう具合が悪くなるのは、孤独を感じているせいよ」と言って、仕事を減らすよう説得しようと試みる。

オフィスの同僚たちは、仕事帰りの一杯にミリアムを誘ったことがない。いつも夜遅くまでオフィスに残っているミリアムに、「あなた子どもがいるんじゃなかった？」といぶかしげに声を掛けてくる。ミラの先生まで、同じクラスの子とミラの間で起きたくだらない喧嘩のことで、ある朝、ミリアムを呼びだした。最近は自分に代わってベビーシッターであるルイーズが面談に出向いていることを詫びると、白髪交じりの先生は大きく腕を広げて言った。「わかりますか、今の世の中が悪いんです。両親がふたりして同じ野心に向かって邁進《まいしん》している間、子どもたちは彼ら自身しか頼るものがなくなってしまうんです。両親が子どもたちに向かってもっとも頻繁に言う言葉はなんだと思いますか？　早くしなさい、急ぎなさい！　ですよ。そんな状況の悪影響をこうむっているのは私たちなんです。子どもたちは親から見放されている不安や寂しさをすべて私たちに押しつけてくるんです」

ミリアムは白髪交じりのこの女をたしなめてやりたいと猛烈に思ったが、できなかった。絵の具と粘土のにおいのする教室の、座り心地の悪いちいさな椅子のせいだろうか。教室の飾り付けや先生の声が、ミリアムを従順な年頃の子ども時代に押し戻していた。

ミリアムは微笑み、意味もなくお礼を言って、ミラは必ず成長しますからと約束した。本当はこの年老いたガミガミ女の女性蔑視も古くさい教訓も面と向かって非難し、ののしってやりたかったが、自分の子どもが復讐されるのを恐れて言いたいことをぐっと呑みこんだ。

パスカル、彼だけはミリアムの心を奪っている仕事に対する情熱、弁護士として認められ、自分の力に見合った挑戦をしたいという巨大な渇望を理解してくれているように思えた。パスカルとミリアムの間ではある種の闘いが始まっており、ふたりはそこに曖昧な喜びを感じていた。パスカルはミリアムに発破をかけ、ミリアムはパスカルに楯突く。彼は彼女を疲弊させるが、彼女は彼を失望させることはない。ある晩、仕事が終わったあと、パスカルが一杯やらないかとミリアムを誘った。「きみが仕事を始めて半年だよ、お祝いしよう」ふたりは黙ったまま通りを歩いた。パスカルがビストロの扉を開けてミリアムにどうぞと言うと、ミリアムは彼に微笑んでみせた。ふたりはホールの奥の、つづれ織りのベンチシートに腰をおろした。最初は取り扱い中の案件について話していたが、すぐに話題は学生時代の思い出へと移っていった。共通の友人のシャルロットが十八区にある両親の邸宅で開いた華やかなパーティー。口頭試問中にかわいそうにセリーヌが滑稽なまでに激しいパニックに襲われてしまったこと。ミリアムのワインを飲むピッチが早まり、パスカルは彼女を笑わせた。家に帰りたくなかった。帰りの時間を告げる人も、待っている人も、誰もいてほしくなかった。でも、彼女にはポールがいる。子どもたちもいる。

ちくっと刺されるような官能的な刺激を感じて、喉と胸のあたりが熱くなった。ミリアムはパスカルの唇に舌を入れた。何かが欲しい。ずっと長いこと感じてこなかった、根拠のない、無意味な、自分勝手な欲望。自分自身への欲望。ポールのことは愛している。でも、夫の体には思い出が詰まっている。彼が挿入してくるのは、それは母親のお腹の中だ。ポールの精子がしばしば宿った重いお腹。うねり、波打ち、家族を作り、多くの不安と多くの喜びをもたらしたお腹。ポールはミリアムの紫色になってむくんだ足をもんでくれた。シーツに広がった血液も見た。背中を丸めて吐いているとき、髪と額を押さえていてくれた。妻のうなり声も聞いた。妻が力んでいる間、血管腫で覆われた顔を拭ってくれた。ミリアムの体から赤ん坊を取りあげたのもポールだった。

ミリアムは、子どもたちの存在が社会的成功や自由の足かせになるという考えをずっと否定してきた。深みへと引きずりこみ、溺れた人の顔をぬかるみに引っぱるような考えを。しかしそれが現実なのだと認めざるをえないと気づいたとき、ミリアムは深い悲しみを覚えた。ひどく欲求不満を感じさせる、不公平なことだと。これからは常に不完全で物事をうまくこなせず、人生の一部を他人のために犠牲にしているという感情抜きには生きていけないということだ。ミリアムは大袈裟に考えながら、理想的な母親になる夢もあきらめたくなかった。とげとげしくなることも、疲れ果てることもなく、すべての目標に到達する、すべてを可能にしてみせると意固地に考えていた。犠牲者ぶることもしないし、大胆不敵になることもなく。

ほぼ毎日のように、ミリアムは友達のエマからメッセージを受け取る。彼女はソーシャルネットワーク上に、セピア色をしたふたりの息子の写真をアップしているのだ。公園で遊ぶ申し分のない子どもたち。母親はすでに息子たちの才能を見抜いており、それにふさわしい小学校への登録もすませてある。スカンジナビアの伝説に由来する、発音困難な息子たちの名前の意味を、エマは得々と人に説明する。写真に写ったエマ、彼女自身も美しい。夫は表に出ることはない。永遠に、理想的な家族を写真に撮り続け、その家族に夫は観客としてしか参加していない。それでも彼はフレームの中に入ろうと努力している。ヒゲを生やし、麻のセーターを着て、仕事に行くときにはきつくてはき心地の悪いスリムパンツを身に着けて。

ミリアムは時折、脳裏をかすめては消えていくある考えをエマには決して話そうとしない。残酷ではないが、口にするのは憚《はばか》られるような考え。ルイーズと子どもたちの様子を眺めているときにふと浮かぶ考え。私たち家族もルイーズも、お互いがお互いを必要でなくなったときにしか幸せにはなれない。どちらも自分たちの人生を生きられるようになるとき、人生が自分たちのものになるとき、他人の入りこむ余地のない人生となるとき、つまり、私たちが自由になったときにしか幸せにはなれない。

ミリアムは玄関扉に近寄り、エレベーターが上がってこないか、覗き窓から見ている。五分置きに同じことをして、「遅いわね」と繰り返す。それを見てミラはイライラしている。タフタのみっともないワンピースを着たミラはソファーの端っこに腰かけ、涙を浮かべている。「誰も来ないのかな?」

「みんな来るに決まってるじゃない」ルイーズが答える。「もうすぐ来ますよ」

ミラの誕生会の準備は、ミリアムの予想をはるかに超えていた。二週間前からルイーズは口を開けばそのことばかりだった。夜、ミリアムが疲れ果てて仕事から帰宅すると、ルイーズは自らこしらえた環飾りを得意げに見せた。あるブティックで見つけたというタフタのドレスについてヒステリックな口調で説明し、ミラは大喜びするに違いないと自信たっぷりに言った。ミリアムは、そんなルイーズを目の前から追い払ってしまいたくなる衝動にかられた。ルイーズの些末な関心事についてあれこれ聞かされることに疲れてしまったのだ。ミラはまだまだ幼い少女だというのに！　どうしてここまで大袈裟にしなければいけないのか、ミリアムにはわからなかった。しかしルイーズはちいさな目を見開いてミラをじっと見つめる。ミラがこんなふうに有頂天になっているのだから、自分は当然のことをしているのだと言わんばかりに。大切なのは、プリンセスが喜ぶこと、おとぎの国のような夢のような誕生日を過ごさせてあげること。ミリアムは痛烈な皮肉が口をついて出そうになるのをぐっとこらえた。しまいには自分が悪いことをしているような気分になり、なんとか誕生会に参加できるようにすると約束してしまったのだった。

ルイーズは、幼稚園が休みの水曜日の午後に誕生会をしようと決めた。子どもたちがパリにいて、みんなに確実に来てもらえる日を選んだのだ。ミリアムは事務所には行くけれど、お昼すぎには帰ると約束した。

午後の早い時間に帰宅したミリアムは、叫び声を上げそうになった。ここが自分の住まいかと目を疑った。スパンコールと風船と紙の環飾りで、文字通り、「改造」されていた。何よりも驚かされたのは、子どもたちが広々と遊べるようにと、ソファーが別の場所に置かれ、そのうえ、楢《なら》材のローテーブルまで部屋の反対側に押しやられていたことだ。このアパルトマンに落ちついてから、あまりの重さに一度も動かそうとしなかったテーブルだ。

「誰が家具を動かしたの？　ポールが手伝ったんですか？」

「いいえ」とルイーズは答えた。「ひとりでやりました」

にわかには信じられず、ミリアムは笑いたくなった。ヌヌのマッチ棒のようにか細い腕を見ながら、冗談よねと心の中でつぶやいた。しかしふと、ルイーズの力持ちぶりにはすでに驚かされたことがあるのを思いだした。場所ふさぎの重い箱を、アダムを腕に抱えたまま、こともなげに持ちあげる様子にあ然とさせられたことが一、二度あった。きゃしゃでか弱そうな肉体に、ルイーズは巨人のような活力を隠しもっているのだ。午前中はずっと、ほっぺたをふくらませて動物の形をした風船を作りつづけ、玄関ホールからキッチンの引き出しまで至るところに飾った。誕生日ケーキも、デコレーションを施した赤い果実の巨大なシャルロットを自分でこしらえた。

　ミリアムは午後の時間を犠牲にしたことをすでに後悔していた。オフィスの静けさの中にいられたらどんなによかっただろう。自分の娘の誕生会が不安で仕方ない。退屈したり、じりじりしたりする子どもたちの様子を見るのが怖い。喧嘩になった子どもたちをさとしたり、なかなか迎えにこない親を待つ子どもを慰めるのもいやだ。自分の子ども時代の冷ややかな思い出が蘇《よみがえ》った。その日ミリアムは、おままごとをして遊んでいた少女たちのグループから離れて、ひとりで白いウールの分厚い絨毯に座りこんでいた。うっかり落としてしまったチョコレートのかけらが白い毛糸の間で溶けているのを見て、このへまをなんとか隠そうとすると、かえって染みが広がってしまった。幼いミリアムは、その家の母親からみんなの目の前で叱られた。

ミリアムは寝室に入って扉を閉め、メールのチェックに集中しているふりをした。いつものようにルイーズに任せておけば大丈夫とわかっていた。呼び鈴が鳴り始めた。居間では子どもたちの声が次第に大きくなっていく。ルイーズが音楽をかけた。ミリアムはそっと寝室を出て、ヌヌにぴたっとまとわりついている子どもたちの様子を見た。子どもたちはすでにこのヌヌに魅了されたように、ルイーズの周りをくるくる回っている。ヌヌはこの日のために音楽と手品を用意していた。子どもたちの目をあざむくのはそう簡単ではないはずだが、みんなが仰天するほどヌヌは上手に変装し、自分たちの仲間と思いこまれているようだ。快活で、楽しく、からかい上手のルイーズ。歌の音頭を取り、動物の鳴きまねをするルイーズ。四つん這いになり、ミラとひとりの男の子を背中に乗せてロデオのまねごとを始めると、それを見た仲間たちはみんな目に涙をためて笑いながら、私も、ぼくも、と言ってルイーズに殺到した。

　ルイーズの本気で遊べる能力には感心させられる。子どもだけが持ち合わせている「万能感」に突き動かされているかのように遊ぶのだ。ある晩、ミリアムが帰宅すると、顔をごてごてに塗りたくったルイーズが床に横たわっているのが目に入った。頬と額に引かれた太い黒の線が戦士のマスクでも着けているように見せている。頭にはクレープ紙を巻いてインド人のような髪型にしている。居間の中央には、シーツをねじって椅子とほうきで固定した小型のテントが置いてある。扉の隙間からその様子を覗き見たミリアムは動揺した。身をよじり、野性の叫び声を上げるルイーズの様子に、ミリアムはひどく困惑した。ヌヌはきっと酔っぱらっているのだと思った。ミリアムに気づいたルイーズは立ちあがり、頬を紅潮させ、おぼつかない足取りで歩きながら、「足がしびれてしまって」と言い訳するように言った。アダムがルイーズのふくらはぎにしがみつくとルイーズはまた笑った。ふたりで作りあげた想像の世界から抜けきっていないような笑い声で。

おそらく、ルイーズもまだ子どもなのだろう。そう考えることでミリアムは自分を納得させようとした。ミラと遊ぶときにもルイーズはとことん真剣に取りくむ。たとえば、警官と泥棒ごっこをして、泥棒役のルイーズが捕まって監獄に入れられるふりもする。時にはルイーズが警官となってミラを追いかける。毎回、ルイーズは新しい正確な地図を作りあげるので、ミラはそのたびに覚えなくてはならない。ルイーズは衣装をこしらえ、予想外の展開に満ちたシナリオを入念に考える。舞台セットも綿密に作りこむ。ミラは時折、待ちきれずにせがむ。「ねえ、早く始めようよ！」

ミリアムは知らないことだが、ルイーズはかくれんぼが好きだ。ただし、数も数えないしルールもない。子どもたちにとってこのかくれんぼの楽しさは、知らないうちに始まり、驚かされることにある。ルイーズが突然、何も言わずに姿を消す。どこか隅っこに身を隠し、子どもたちに捜させる。隠れていても子どもたちの様子を見ていられる場所にうずくまる。ベッドのしたにもぐりこんだり、扉のうしろに身を潜めたりして、息を殺してじっとしている。

そうすると、ミラはゲームが始まったのだと理解する。興奮して叫び声を上げ、手を叩く。アダムはミラのあとを追う。ケラケラ笑いすぎて立っていられなくなり、何度も尻餅をつきながら。

「ルイーズ、どこにいるの？」「すぐに見つけてやるからね」ふたりが何度呼んでもルイーズは答えない。

ルイーズは黙ったままだ。子どもたちがうめくような声を出しても、めそめそし始めても、捜すのをあきらめそうになっても、隠れている場所から出ない。暗がりに身を潜め、アダムがしゃくりあげている様子に目を凝らしている。アダムにはゲームの意味がわからない。「ルイーッ……」と最後のズを呑みこみながら、鼻水を垂らしながら、頬を紅潮させながら、ひたすらヌヌの名を呼ぶしかない。ミラもしまいには怖くなる。ルイーズは本当に帰ってしまったのではないか、もうじき夜の闇に包まれるこのアパルトマンにふたりを置き去りにして、もう戻ってこないのではないかと。不安に耐えかねて、ミラはヌヌに懇願する。「ルイーズ、おもしろくないよ、どこにいるの？」イライラして、地団駄《じだんだ》を踏む。ルイーズは待つ。まるで釣り糸にかかって鰓《えら》に血をにじませた魚の断末魔を観察でもするように。舟底でぴちぴちと痙攣し、力ない口元でなんとか空気を吸おうとするが、魚にはこの状況から抜けだすチャンスはない。

何度かこのかくれんぼを続けるうちに、ミラは隠れ場所を見つけられるようになった。扉を引いたり、カーテンを持ちあげたり、ベッドのしたを覗いてみればいいと理解したのだ。しかし、きゃしゃなルイーズはいつでも身を隠すための新しい巣穴を見つけた。洗濯物を入れるカゴの中に身をうずめ、ポールの書斎机のしたに潜りこみ、タンスの奥に入りこんで毛布をかぶる。真っ暗なバスルームのシャワーキャビネットに隠れたこともあった。そのときは、ミラは捜せど捜せど見つけられなかった。どんなに泣きじゃくっても、ルイーズは微動だにせずにいた。子どもが絶望する姿にも屈しなかった。

そしてある日、ミラはもう叫ぶのをやめた。ルイーズは自分の仕掛けた罠にはまってしまった。ミラは何も言わずにルイーズの隠れている場所をくるくると回り、見つけられないふりをし、おもむろに洗濯物のカゴのうえに腰かけた。中に身をうずめていたルイーズは息が詰まりそうになった。「仲直りする？」ミラがささやいた。

それでもルイーズは降参しない。膝をあごにくっつけたまま黙っている。少女の足《あし》が葦のカゴを軽く叩く。「ルイーズ、ここにいるのはわかってるのよ」ミラは笑いながら言った。すると突然、ルイーズが荒々しく立ちあがったものだから、その拍子にミラは床に投げだされ、シャワーキャビネットのタイルに頭をぶつけてしまった。頭がくらくらして泣き始めたものの、復活して勝ち誇ったように自分を見おろすルイーズを見て、ミラの恐怖はヒステリックな喜びに変わった。よちよち歩きでバスルームにやってきたアダムも、ヌヌとミラがふたりで体を揺らしながらふざけているのを見て、息を詰まらせるほどくっくっと笑った。

ステファニー

八歳にしてすでに、ステファニーはおむつの替え方も哺乳瓶の用意の仕方も知っていた。ベビーベッドで寝ている赤ん坊のあぶなっかしいうなじのしたに手を入れ、手を震わせることもなく、赤ん坊を抱きあげることができた。寝かせるときは仰向けにし、揺すってはいけないことも心得ていた。赤ん坊の肩をしっかりつかんで、お風呂に入れることもできた。赤ちゃんの泣き声、笑い声、叫び声でさえも、ひとりっ子の彼女にとっては心地よい思い出だ。チビちゃんたちを親身に世話する彼女の姿は、見る人を喜ばせた。幼い少女としては珍しい特別な母性と献身のセンスがあるのだと思わせた。

ステファニーがまだ幼い頃は、彼女の母親、ルイーズは自宅で赤ん坊を預かっていた。自宅といっても、正確には、あくまでも自分の家だと言い張る夫、ジャックの家で。母親たちは朝早くに赤ん坊を預けにきた。悲しそうな顔で赤ん坊を預けるとせわしなく外に出ていき、扉に耳を付けて中の様子を窺っていた女性たちのことを、ステファニーは今でも覚えている。ルイーズは娘に、建物の廊下に響く不安におののいた足音を覚えておくようにと言った。出産後まもなく仕事に復帰する女性たちは、生まれたばかりの乳飲み子をルイーズの腕に預けにきた。母親たちが夜中のうちに搾乳して半透明の瓶に入れて持ってきた母乳を、ルイーズは冷蔵庫に入れておいた。ステファニーは子どもの名前が書かれたこのちいさな哺乳瓶が冷蔵庫の中に並んでいたのを覚えている。ある日、夜中に目覚めてしまった彼女はジュールと書かれた哺乳瓶を開けた。ジュールは赤ら顔の男の子で、とんがった爪でほっぺたを引っかかれたことがあった。一気に飲みほした。何日経っても口に不快感を残した傷んだメロンの味、この苦い味をステファニーは忘れることはなかった。

土曜の夜、ステファニーは母親にくっついて、彼女がベビーシッターを請け負っている、巨大なアパルトマンに行くことがあった。上流社会の美しい女性たちが廊下を行き来しながら子どもたちにキスをすると、ほっぺたに赤い口紅の跡がついた。彼女たちの夫はルイーズとステファニーがいることに気兼ねをして、居間でわけもなく笑みを浮かべながら妻たちの支度ができるのを待っていた。彼らは妻たちにぶつぶつ言いながら、コートを着るのに手を貸していた。出かける直前に、ルイーズの雇い主である女性が細いヒールのバランスを取りながらかがみ込んで、息子の頬をつたう涙をぬぐいながら言った。「泣かないのよ、私のかわいこちゃん。ルイーズがお話を聞かせてくれるって。抱っこもしてくれるわよ。ねえ、ルイーズ？」ルイーズはうなずいた。ママ、行かないで体をばたつかせながら泣いて懇願する子どもに手を引っぱられながら。時折、ステファニーはこうした幼い子どもたちのことを恨めしく思った。自分の母親のことを手で叩いたり、専制君主のように話したりするのが大嫌いだった。

ルイーズがチビちゃんたちを寝かしつけている間、ステファニーはタンスの引き出しの中や、ちいさな円卓のうえに置かれた箱の中を探った。ローテーブルのしたに隠してある写真アルバムを引っぱり出したりもした。ルイーズは隅から隅まできれいにしていた。食器を洗い、キッチンの調理台をスポンジで拭いた。出がけにマダムが迷ったすえにベッドのうえに投げだしていった洋服もたたんで元に戻した。ステファニーはそんな母親を見て、「お皿まで洗う必要ないんじゃない？　こっちに来て座ってよ」と繰り返した。しかしルイーズは好きでやっているのだ。帰宅した夫婦が、ベビーシッターを頼んでいるのに無料で家政婦の仕事までしてくれる女性を雇っていることに気づいて、満足の笑みを浮かべるのを見るのが大好きなのだった。

ヌヌとして長年にわたって働いたルヴィエ一家は、ルイーズとステファニーを彼らの田舎の別荘に連れていってくれた。ルイーズにとってはもちろん仕事だが、ステファニーにとっては夏休みだった。とはいえ、ルヴィエ家の子どもたちのように、日焼けをしたり果物をたらふく食べたりするためにそこにいたわけではない。ふだんの生活の規律を破ったり、夜更かしをしたり、自転車の乗り方を覚えるためにそこにいたわけではない。夏休みの間、ステファニーをひとりにしておくわけにはいかず、誰も面倒を見てくれる人がいなかったからだ。母親は娘に、目立たないようにしていなさい、静かに遊ぶのよ、と言っていた。ちゃっかり甘えているという印象を与えないように。「あの人たちは、私たちにとってもバカンスのようなものだと言ってくれるけれど、調子に乗ればいい気はしないからね」食事の時間は、ルヴィエ家の人々とも彼らの招待客とも離れたところに母親とふたりで座った。彼らがテーブルについて長々と語り合っていたこと、延々と話していたことを覚えている。母娘はしたを向いて黙々と食べた。

ルヴィエ家の人々は内心では幼い少女の存在をあまり歓迎していなかった。むしろ、生理的な理由から居心地の悪さを覚えていた。色あせた服を着て、ぐずで、無表情な、褐色の髪をしたこの少女に対して、恥ずべき嫌悪感を抱いていた。

彼らの幼い息子たち、エクトールとタンクレッドの横で彼女も一緒になって居間のテレビの前に座っているのを見ると、両親はついつい気分を害してしまうのだった。そしてしまいには耐えられなくなり、「ステファニー、いい子ちゃんね、玄関の脇に置いてあるメガネをとってきてくれない？」と頼み事をするふりをしたり、「お母さんがキッチンで待っているわよ」などと言って彼女を追いやった。幸いにも、ルヴィエ夫妻が忠告するまでもなく、プールに近づくことはルイーズが娘に禁止していた。

夏休み最後の日、エクトールとタンクレッドは、真新しいトランポリンで一緒に遊ぼうと言って隣人の子どもたちを招待した。彼らより少し年上だったステファニーは、見事なジャンプをしてみせた。宙返りや飛びあがって斜めの姿勢で両足を合わせるカブリオールまで披露すると、子どもたちの間から歓声が上がった。耐えかねたルヴィエ夫人はステファニーにトランポリンから降りて、他の子たちに遊ばせてあげるよう言った。そして夫のそばに行き、同情的な声を出して言った。「次は誘わないほうがいいわね。あの子にとってはとても辛いことだと思うわ。自分では手に入れられないものばかり見せても、彼女を苦しめるだけよ」夫はほっとして微笑んだ。

ミリアムは一週間、ずっとこの夜を待ち焦がれていた。アパルトマンの玄関扉を開くと、ルイーズのバッグが居間の肘掛け椅子に置いてあるのが見えた。子どもたちの歌声が聞こえる。お湯には緑色のネズミと船だろうか、何かがくるくる回転しながら浮かんでいる。ミリアムはつま先立ちでそっと近づいた。ルイーズは床にひざまずいて浴槽にかがみ込んでいた。ミラは赤毛の人形をお湯に浸し、アダムは何やら口ずさみながら手を叩いている。ルイーズが泡の塊をそっと手に取り、子どもたちの頭のうえに乗せて息を吹きかけると、泡の帽子がふんわりと飛んでいった。それを見て、ふたりはおもしろがってケラケラ笑った。

帰路のメトロの中で、ミリアムはまるで恋でもしているようにじりじりしていた。今週は子どもたちにずっと会えずにいた。だから今夜こそは仕事を忘れて、子どもたちのためにまるごと時間を割くと決めていたのだ。子どもたちと一緒に大きなベッドに滑りこみ、子どもたちの体をくすぐって、キスをして、頭をくらくらさせるまで抱きしめよう。母親の腕から逃れようと体をばたつかせるまで。

バスルームの扉のうしろに隠れて、ミリアムは子どもたちを眺めてから深く息を吸った。思い切り子どもたちの肌に触れたい、ちいさな手にキスをしたい、金切り声で「ママ」と呼ぶ声を聞いていたいという激しい欲求にかられた。ミリアムは突然、感情的になる自分に気づいた。時折、自分を少し愚かな気持ちにさせるありふれたことの中に特別なものを見る。なんでもないことに感動する。母親であることを思い起こさせるのは、こうした瞬間だ。

今週、ミリアムの帰宅は毎日、深夜近くになった。子どもたちはすでに寝ており、ルイーズが帰ったあとに、ミラのちいさなベッドにもぐりこんで髪の毛の甘い香りとイチゴ味の飴の匂いを胸いっぱいに吸いこむことがあった。今夜はふだん許していないこともさせてあげよう。ベッドのうえでバターとショコラのサンドイッチを食べよう。お互いに体を寄せ合って遅くまでアニメを見ていよう。真夜中にミリアムは子どもたちの足蹴りを顔に食らうだろう。アダムがベッドから落ちないかと心配で、よく眠れないだろう。

お湯から上がった子どもたちが裸のまま駆け寄り、母親の腕に飛びこんだ。ルイーズはバスルームを片付け始めた。スポンジでバスタブを洗っているところにミリアムが声を掛けた。「そんなことしなくていいですよ。もう遅いから、家に帰ってください。今日も一日大変だったでしょう」ルイーズは聞こえないふりをしてバスタブの縁を磨き、子どもたちが散らかしたおもちゃを元の場所に片付け続けた。

ルイーズはタオルをたたみ、乾燥機の中を空っぽにして、子どもたちのベッドを整えた。キッチンの棚にスポンジを片付けると今度は鍋を出して火にかけた。ミリアムはなす術もなく彼女が動き回るのを見ている。説得しようと試みる。「私がします、本当にやりますから」そう言いながら鍋を奪い取ろうとするが、ルイーズは手のひらで取っ手をしっかり握って離そうとせず、やんわりとミリアムを押しやって言った。「どうぞ休んでください。お疲れでしょう。子どもたちと一緒にいてあげてください。食事の支度をしますから。私のことは視界にも入りませんよ」

確かに。月日が経てば経つほど、ルイーズがこの家にとって不可欠な存在になろうとすればするほど、彼女の姿は目に付かなくなっていく。ミリアムは帰宅が遅くなるときでも、もうわざわざ電話をすることもなくなり、ミラもママはいつ帰ってくるのと聞くこともなくなった。ルイーズがいてくれる。一生懸命に働く、今にも折れてしまいそうにか細いこの女性が。ミリアムは、彼女が子どもたちに対して母親のように接するのを黙認していた。日々、少しずつ自分のすべきことをルイーズに託し、安心して任せられることに心から感謝していた。ルイーズはまるで、劇場の舞台で闇の中を移動する黒子のシルエットのようだ。黒子たちは長椅子を持ちあげ、段ボール紙でできた柱や壁を片手で押す。ルイーズは楽屋裏で目立たないように、パワフルに動き回る。目に見えない透明の糸を操っているのはルイーズだ。その糸がなければ魔法は起こらない。嫉妬深く、庇護することにたけた母性の神だ。家族の幸せの確固たる源泉、みんなが飲みにやってくる乳房を持つ雌オオカミだ。

彼女の姿はあっても、人には見えない。身近な存在ではあるけれど決して馴れ馴れしくはしない。ルイーズは日に日に早くやってくるようになり、ますます遅くまでいるようになった。ある朝、ミリアムがシャワーから出ると、ルイーズが目の前に立っていた。裸の彼女を見てもまばたきひとつしなかった。「私の裸を見たからってどうなるのだろう。この手の恥じらいはルイーズにはないんだわ」とミリアムは安心した。

ルイーズは若い夫婦にもっと出かけるよう勧めた。「若いうちに楽しんでください」と機械的に繰り返した。ルイーズを思慮深く親切な女性と慕っているミリアムは、彼女のアドバイスに耳を傾けた。ある晩、ポールとミリアムは、ポールが仕事で出会ったミュージシャンの家のパーティーに招かれた。パリ六区にある彼の屋根裏部屋のアパルトマン。天井が低く、狭い居間に人がひしめき合っていた。陽気で愉快な雰囲気のこの小部屋で、しばらくするとみんな踊り始めた。ミュージシャンの妻の、ブロンドで赤い口紅をつけた背の高い女性が、みんなにマリファナタバコを手渡し、冷やしてあったショットグラスにウオッカを注いで回った。ミリアムにとっては初対面の人たちばかりだったが、みんなと楽しく話し、大声で笑った。ちいさなキッチンの調理台に腰かけて、一時間も話をして過ごした。深夜の三時になってみんなお腹が空いてくると、美しい妻がシャンピニオン入りのオムレツを作った。みんなでフライパンに鼻を突っこむようにしてフォークの音を立てながら食べた。

朝方の四時頃帰宅すると、ルイーズは居間のソファーで脚をくの字に曲げ、両手を組んだ格好で寝ていた。ポールはそっと毛布を掛けた。「ぐっすり眠っているから、起こさないでおこう」この日からルイーズは一週間に一、二度、こうして彼らの家で寝るようになった。お互いの意思を確認し合ったことも、話し合われたこともないが、ルイーズは少しずつ、確実に、彼らのアパルトマンの中に居場所を築いていった。

ポールは時折、日々長引いていく労働時間が心配になった。「彼女の親切心につけこんでいるって、ルイーズが悪く思っていないといいけど。そんなことで非難されたくないな」ミリアムは夫に、この件は自分がなんとかするから心配しないでと言った。まじめで率直なミリアムは、もっと早く解決しておかなかった自分を恨んだ。ルイーズに話をして、はっきりさせておこう。ミリアムはルイーズが家事に励み、頼んでいないことまで率先してやってくれることに困惑を覚えながらも内心とても嬉しく思っていた。ミリアムはいつも言い訳を繰り返してしまう。帰宅が遅くなると、ルイーズに言う。「ご親切に甘えてしまってごめんなさい」そしてルイーズはいつもこう答える。「とんでもない。私はそのためにいるんですよ。心配はご無用です」

ミリアムはルイーズによくプレゼントをする。メトロの構内にあるような、安い店で売っているイヤリング。唯一、ミリアムが知っているルイーズの好物、オレンジ風味のパウンドケーキ。侮辱されたように感じるのではないかと長いことあげるのをためらっていた、着古した服。ルイーズの気持ちを傷つけないように、嫉妬心や苦痛をかき立てないように、細心の注意を払いつつ。新しい服や靴を買ったときには、自分自身のものでも子どもたちのものでも、いったん古い布袋に突っこんでおいて、ルイーズが帰ってから開封するようにしている。ポールは妻のこうした細やかな気遣いを賞賛した。

ポールとミリアムの周囲の人々は、みんなルイーズの存在を知るようになった。彼らの住まいで実際に会った人もいれば、絵本から飛びだしてきたような非現実的なこのベビーシッターの仕事ぶりについて噂だけ聞いている人たちもいる。

「ルイーズのごはん」は習慣となり、ミリアムとポールの友人たちの間で評判になった。ルイーズはみんなの好みも把握している。エマが博学なベジタリアンを装って拒食症を隠していることも知っている。ポールの弟のパトリックはお肉とシャンピニオンが大好きだ。ディナーはたいてい金曜の夜に企画された。ルイーズは午後、子どもたちが足元で遊んでいる間に食事の支度をする。部屋を片付け、花を飾り、美しくテーブルセッティングをする。数メートルの生地を買うためにパリを横断し、その生地でナプキンを縫った。テーブルにナイフとフォークをセットし、ソースを程よく煮つめ、ワインをキャラフに移すと、ルイーズはアパルトマンをあとにして外の世界へ紛れこむ。建物のエントランスやメトロの出口でポールとミリアムが招待している友人たちと出くわすこともある。彼らがルイーズに気づいてお腹のあたりに手を当てたり、口元に手をやってよだれが出そうというしぐさをして料理の腕を褒めたたえると、ルイーズははにかんだような笑みで応えた。

ある晩、ポールは「今夜はお祝いすることがたくさんあるんだ！」と言って、ルイーズに残るようしつこく求めた。他の日とは違う一日だった。法律事務所のパスカルから初めて重大な案件を任されたミリアムは、抜け目のない、戦闘的な弁護のおかげで勝利を手にしつつあった。ポールもまた嬉しいことがあった。一週間前のこと、スタジオでアレンジをしていると有名なミュージシャンが部屋に入ってきた。何時間も話すうちに好みのサウンドが共通していることがわかり、アレンジするならどうするかふたりで想像し、最高の録音機器を入手できるかもしれないという話にまで発展し、しまいには次のアルバム制作を手伝ってくれないかとポールに提案してきたのだ。「すべてがうまくいく、そんな年があるんだ。そのチャンスをつかんで楽しまなきゃ」ポールはそう言って、ルイーズの肩に手を掛けて微笑みかけた。「望むと望まないとにかかわらず、今夜は我々と一緒に食事をしてください」

ルイーズは子ども部屋に避難し、しばらくの間、ミラにくっついて横になっていた。ミラのこめかみや髪をなでながら、ブルーのかすかな明かりの中、すやすやと眠るアダムの顔を見ていた。なかなか部屋から出られずにいると、扉の開かれる音、笑い声が廊下から聞こえてきた。シャンパーニュを抜栓する音、ソファーを壁に押しつける音。ルイーズはバスルームで、シニョンにまとめた髪を整え、まぶたにスミレ色のアイシャドーを塗った。ミリアムは化粧を一切しない。今夜、彼女はストレートのジーンズにポールのシャツを着て腕をまくっている。

「まだ会ったことなかったわよね？　パスカル、私たちのルイーズよ。誰もがうらやむ人だって知ってるわよね！」ミリアムが肩を両手で包みこむと、ルイーズはその親しげな態度に少し困惑し、微笑んですぐに体を離した。

「ルイーズ、パスカルを紹介するわ。私のボスよ」

「ボスだって？　やめてくれよ、一緒に働いているんじゃないか。ぼくらは仕事仲間だよ」パスカルはルイーズに手を差しだしながら、大きな声を上げて笑った。


ルイーズはソファーの端っこに腰かけ、マニキュアを塗った長い指でシャンパーニュグラスを握りしめている。まるで周りの人たちが話している言葉がわからない外国人か亡命者のように緊張していた。ローテーブルを囲んでいる招待客のひとりひとりと、困ったような、遠慮がちな笑みを交わし合う。ミリアムの才能に、ポールが担当するミュージシャンに、みんなで乾杯した。中にはそのミュージシャンの作ったメロディを口ずさむ者もいた。それぞれ自分の仕事について、テロの脅威について、不動産について話しだす。パトリックはバカンス旅行を予定しているスリランカについて話している。ルイーズの横に座っているエマは、子どもの話を始めた。この話題ならルイーズもついていける。エマは自分の抱えている心配事を、親身に耳を傾けてくれるルイーズに向かって並べ立てた。

「私も同じような経験を何度もしましたよ。心配いりません」ヌヌは繰り返す。不安にかられていても誰にも聞いてもらえないエマは、この謎めいた顔をしたヌヌに頼ることのできるミリアムをうらやましく思った。エマは穏やかな女性だが、常にこねくり回している両手が別の一面を見せている。いつも笑みをたたえているが、嫉妬深い。あだっぽいところがありながら同時に臆病でもある。

エマはパリ二十区の、不法占拠された建物を環境保護にうるさい託児所に改良した地区の、居心地の悪さを覚えるほど趣味の悪いインテリアのちいさな一軒家で暮らしている。哺乳瓶やクッションが散乱する居間は、とてもくつろぐ場という雰囲気ではない。

「近くの小学校といったら、それは悲惨なの。子どもたちは地面に唾を吐くし、子どもたちが集まっている横を通りすぎると、お互いに、売女とかも尻軽女とかホモ野郎とか呼び合っているのが聞こえてくるの。私立の学校なら誰も汚い言葉を使わないとは言わないけど。でも、ちょっと違う、そう思いませんか？　少なくとも、私立に通う子どもたちは、友達同士でしか使わない言葉だってわかっていると思うんですよ。悪い言葉だって」

エマは、彼女の住む通りにある公立の小学校では、親がパジャマのまま子どもを送り届けて、しかも三十分も遅刻してくること、ベールをかぶった母親は校長先生と握手するのを拒否しているという話も耳にしていた。

「こんなこと言うのは悲しいけれど、息子のオダンを公立に通わせていたとしたらクラスでたったひとりの白人だったとしてもおかしくないくらい。切り捨てたらいけない問題だってわかってはいるんだけど、でもある日息子が家に帰ってきて神の話をしたり、アラビア語を話したりしたら、自分としてはどうしたらいいかわからないだろうなって」ミリアムがエマを見て微笑むと、エマは言った。「私の言いたいこと、わかるでしょ？」

食卓に移るために、みんな嬉しそうに立ちあがった。ポールはエマを隣に座らせた。ルイーズがキッチンに急ぎ、料理を手に居間に戻ってくると、ブラボーという賞賛の声で迎えられた。「ルイーズが赤くなってる」ポールが金切り声で楽しそうに言った。しばらくの間、ルイーズはみんなの注目を浴びていた。

「このソース、どうやって作ったの？」「ジンジャーを入れるなんて、いいアイデアね」招待客は彼女の快挙を褒めそやし、ポールは「ぼくらのヌヌ」について話した。子どもたちや老人について本人のいる前で話をするように。ポールがワインを注いで回るうち、俗っぽい食べ物の話は忘れ去られ、次々と新しい話題が飛びだした。話し声は次第に大きくなり、タバコは皿のうえでもみ消され、吸い殻はソースの中で漂った。ルイーズがキッチンに姿を消し、熱心に皿を洗い始めたことには誰も気づかない。

ミリアムは時折、苛立たしげにポールを見た。彼のジョークに笑うふりはしていても、酔っているときのポールは彼女をイライラさせるのだ。露骨になり、うっとうしくなり、現実離れしていくからだ。少しでも飲みすぎると不愉快な人々までディナーに誘い、守れない約束までする。嘘もつく。しかしポールは妻の苛立ちには気づいていないようだ。さらに一本、ワインの栓を抜くと、テーブルの端を叩いて言った。「今年はヌヌをバカンスに連れていこうと思う！　人生は楽しむべき、そうだろう？」両手にたくさん皿を抱えたルイーズは微笑んだ。

翌朝、ポールはしわくちゃになったシャツを着て、口には赤ワインの染みをつけたまま目覚めた。シャワーを浴びていると昨夜の記憶がとぎれとぎれに戻ってきた。自分が口にした提案と、妻のにらみつけるような視線も蘇ってきた。バカなことをしたと思い、それだけでどっと疲れを感じた。過ちを修復するか、あるいは、何事もなかったような顔をして、忘れたことにして時をやり過ごすか。ミリアムに酔っぱらいの空約束とバカにされることはわかっている。家計を考えただけでも無謀で、ルイーズに対しても失礼な軽々しい言動だと批判するだろう。「あなたのせいでルイーズはきっとがっかりするわ。彼女はやさしいから、口にもしないでしょうけどね」と。ミリアムは請求書をポールの鼻先にちらつかせて現実に引き戻すだろう。そして最後にこう言うのだ。「飲みすぎると決まってこうなんだから」

ところがミリアムは怒っているようには見えなかった。アダムを抱いてソファーに寝そべり、大きすぎる男物のパジャマを着て、びっくりするほどやさしい笑みを浮かべている。ポールは妻の横に腰をおろし、大好きなヒースの匂いのする首に顔をうずめて喉を鳴らした。「昨日、言ったことは本当なの？ 今年の夏、ルイーズをバカンスに連れていけるの？」ミリアムがポールに訊いた。「それってどういうことかわかる？ 初めてほんもののバカンスになるのよ。ルイーズものすごく喜ぶわ。彼女にとっても、これ以上のことってないはずよ」

あまりの暑さにルイーズはホテルの部屋の窓をうっすらと開けておいた。酔っぱらいの叫ぶ声にも、車のブレーキ音にも、口を開け、ベッドから脚を投げだしていびきをかきながら寝こんでいるアダムとミラはびくともしない。アテネには一泊しかしないので、ホテル代を節約するためにルイーズは子どもたちと一緒にちいさな部屋で寝ることになっていた。子どもたちは夜じゅうふざけていて、遅い時間にやっとのことでベッドに入った。日中、アダムが興奮してアテネの石畳ではしゃいでいると、おチビちゃんのダンスに魅せられた老人たちが手を叩いた。焼けつくような日差しの中、子どもたちが駄々をこねているにもかかわらず、午後中歩き回ったこの街を、ルイーズは好きになれなかった。明日のことしか頭になかった。ミリアムが子どもたちに伝説と神話を話して聞かせた島々への旅。

ミリアムはお話を聞かせるのが得意ではない。複雑な言葉を明瞭に発音しようとすると苛ついた口調になり、いつも、「いい？」「わかる？」と言ってひとつの文章を終える。

しかしルイーズはきまじめな生徒のように、ゼウスと戦いの女神アテーナーの話に耳を傾けた。ミラのようにルイーズも、海に身を投げたことでエーゲ海の名の由来となったアテナイ王の話が好きだ。明日、ルイーズは生まれて初めて船に乗るのだ。

翌朝、ルイーズはミラをベッドから引きずりださなければならなかった。着替えをさせている間もまだ眠っていた。ピレウス港に向かうタクシーの中で、ルイーズは古代の神々のことを思いだそうとしたが頭の中には何も残っていなかった。もう何もわからない。表紙が花柄模様のちいさな手帖に、英雄たちの名前を書きつけておくべきだった。そうすれば、ひとりになったときに復習できたろうに。港の入り口はものすごい渋滞で、警官たちが交通整理をしていた。すでに気温は上がり、ルイーズの膝のうえにいるアダムは汗びっしょりだ。巨大な電光掲示板が、島々に向けて今にも出航しようとしている船の停泊する埠頭を示していたが、さっぱり意味のわからないポールは苛ついて、そわそわし、運転手がUターンするとあきらめたように肩をすくめてみせた。運転手は英語を話さない。ポールが料金を払うや、みんなで一斉に降りて、スーツケースとベビーカーを引っぱりながら目的の船着き場に向かって走った。タラップを上げようとしていた乗組員が、慌てふためいて手を大きく振っている家族に気づいてくれた。ラッキーだった。

船に乗りこむや、アダムは母親の腕に抱かれて、ミラはポールの膝に頭を乗せてすぐにうとうとし始めた。ルイーズは、海と、島々の輪郭を見ていたくてデッキに出た。べンチに女性が仰向けで寝そべっていた。ちいさなショーツとピンク色のバンド状のブラがやっとのことで乳房を隠している。髪はほとんど白に近いブロンドでぱさぱさだ。だがルイーズを驚かせたのは、その女性の肌だ。茶色の大きな染みに覆われた紫がかった肌。ところどころ、腿の内側や頬、乳房のすぐしたは、焼けただれた皮膚がむき出しになっている。彼女はぴくともしない。まるで皮をはいだ人体模型のようで、その死骸が群衆の目にさらされているようだった。

ルイーズは乗り物酔いをする質だ。大きく息を吸いこんでみる。目を閉じて、そして開いてみるが、めまいをコントロールすることができない。動けない。船縁から遠いところにあるベンチに、デッキに背を向けて腰かけた。海を見ていたい、旅行者たちが指差している白い海岸線にふち取られた島々を覚えていたい。錨をおろして並んでいる帆船の輪郭を、それらの繊細なフォルムを記憶に刻んでおきたい。そう望んでも胃が反乱を起こし、吐き気を催す。

しばらくすると日差しはますます燃えるように強くなり、ベンチに横たわる女性をじろじろ見る人の数は増えてきた。彼女は目隠しをしているし、風の音にかき消されてくすくす笑う声やひそひそ話は聞こえないのだろう。ルイーズは、このやせ細った、汗のしたたる体を凝視した。炎の中に放りこまれた肉の塊のように、太陽に焼きつくされたこの女性から目を離すことができなかった。

ポールは島の高台にあるチャーミングなペンションの二部屋を借りていた。すぐしたには幼い子どもたちの姿が目立つビーチがある。太陽が沈み、ピンク色の光が湾を包みこんだ。島の中心地、アポロニアに向かってみんなで歩いた。沿道にはサボテンとイチジクの木が生えていた。断崖の突き当たりにある修道院では、水着姿のままの旅行客を迎えいれていた。ルイーズは風景の美しさと狭い通りの静けさ、猫たちが眠っているちいさな広場にすっかり魅了されていた。低い石垣に腰かけ脚をぶらぶらさせて、年老いた女性が自宅前を掃いている様子を眺めた。

太陽が海に沈みこんでも、あたりは暗くはならない。パステルの色調に変わった光のおかげで、景色の詳細がまだ見える。教会の屋根のうえの鐘の輪郭。石の半身像の鷲鼻。薮に覆われた海岸はまるでくつろいでいるかのように、ものうげな空気に身を任せ、夜の到来を待ちわびる人たちの気をもませながら、わざとゆっくり日没に向かっているように見えた。

子どもたちを寝かしつけたあともルイーズは眠れずにいた。自分の部屋から突きだしているテラスに腰かけると、そこからは丸みを帯びた湾が眺められる。夜更けになると風が吹き始めた。海の風は潮の香りと理想郷の趣をはらんでいる。ルイーズはデッキチェアに横たわり、毛布がわりにするには薄すぎるショールを掛けたまま寝こんでしまった。ひんやりした空気で目覚めたルイーズは、目の前に繰り広げられている夜明けの光景に思わず叫び声を上げそうになった。純粋で、素朴で、揺るぎない美しさ。ありとあらゆる人々の心に届く美しさ。

子どもたちも興奮して起きだしてきた。海に興味津々なのだ。アダムは砂浜で転げ回りたい。ミラはお魚を見てみたい。朝食もそこそこに、みんなでビーチに下りた。ルイーズがモロッコの伝統衣装、ジェラバのような、フード付きのゆったりとしたオレンジ色のワンピースを着ているのを見て、ミリアムは微笑んだ。数年前にルヴィエ夫人が、「もう何度着たかわからないくらいよ」と言って、くれたものだ。

子どもたちは準備万端だ。ルイーズが子どもたちの体に日焼け止めクリームを塗りたくると、ふたりは争うように砂遊びを始めた。ルイーズは石垣に背をもたせかけて腰をおろした。松の木のしたの日陰で膝を曲げ、海面に降り注ぐ太陽のきらめきを眺めた。こんなに美しいものはこれまで見たことがない。

ミリアムはうつぶせになって小説を読んでいる。朝食の前に七キロメートル走ったポールはうとうとしている。ルイーズは砂の城を作ったあと、巨大なカメに取りかかったが、できあがるが早いかアダムが壊しにかかった。それでもルイーズは辛抱強く作り続けた。暑さに耐えきれなくなったミラがルイーズの手を引っぱって言った。「ルイーズ、海に入ろう、ねえ行こう」ヌヌは抵抗して動かない。「待ってて、座ってなさい」と返事をする。「私のカメさんを手伝ってくれるわね?」ルイーズは拾い集めた貝殻を子どもたちに見せて、巨大なカメの甲羅のうえにひとつずつ丁寧に置いていく。

日差しが容赦なく照りつける中、松の木だけではもはや身を守れなくなってきた。ルイーズも汗だくになっている今、水に入ろうと懇願してくるミラへの言い訳がなくなってしまった。ミラがまた、ルイーズの手を引っぱった。ルイーズは立ちあがることを拒んで、ミラの手首をつかんで乱暴に押しやった。するとそのはずみでミラが転んでしまった。ルイーズは叫んだ。「放しなさい、わかった?」

ポールが目を開けた。ミリアムは火がついたように泣き始めたミラに駆け寄り、抱きしめた。両親が怒りと絶望の混じった視線を投げかけると、ヌヌは恥じ入って後ずさりした。ふたりが説明を求めようとしたとき、ルイーズが小声で言った。「お伝えしなかったのですが、泳げないんです」

ポールとミリアムが何も言えずにいると、ミラは今度ははじけるように笑いだし、「ルイーズは赤ちゃんみたい、泳げないんだって」とヌヌをからかった。ポールは娘に黙るように手で指図しながら気詰まりを感じていた。そして他でもないこの気詰まりのせいで怒りを覚えた。こんなところまで貧しさと弱点を持ちこむルイーズを恨んだ。苦痛に満ちた顔をして、せっかくの楽しい一日を台無しにしたヌヌを。ポールは子どもたちを泳がせるために海に入り、ミリアムは再び本を読み始めた。

午前中はルイーズの悲しい出来事で台無しになってしまった。大衆食堂のテラスで誰も口をきかぬまま黙々とランチをとっていると、まだ食べ終わらないうちに、突然、ポールが立ちあがり、アダムを腕に抱えてビーチ沿いにある店へ向かった。足の裏を焼かれるような砂浜のせいで、飛びはねるようにして戻ってきたポールは、手に持っていた袋をルイーズとミリアムの目の前で振りあげて言った。「ほら」ふたりとも何も答えず、ルイーズがおとなしく手を差しだすと、ポールが彼女の肘に浮き輪をくぐらせた。

「ほんとに細いね、子ども用の浮き輪がぴったりだ！」

それから毎日、ポールは早起きをしてルイーズを泳ぎに連れていった。ミリアムがペンションのちいさなプールで子どもたちを遊ばせている間、ルイーズとポールはまだ人気のないビーチに下りていった。湿った砂浜に到着するやふたりは手をつなぎ、水平線に向かって水の中を進んだ。足が砂から少しずつ離れ、体が浮き始めるとルイーズは必ずパニックを起こし、それを隠すことができなかった。ルイーズが怖がってちいさく叫ぶと、ポールは握る手に力を込めなければならなかった。

最初、ポールはルイーズの肌に触れることに抵抗があった。浮き身を教えるとき、ポールはルイーズのうなじに片手を添え、もう一方の手でお尻を支えた。一瞬、ばかげた考えが脳裏を過《よぎ》り、心の中でくすっと笑った。「ルイーズにもお尻があるんだ」ルイーズの体はポールの手の中で震えていた。ルイーズの存在を子どもたちのもの、あるいは使用人に属するものとしかみなしていなかったポールは、彼女の体を見たこともないし見ようとしたこともなかった。実際、彼は、ルイーズを見たことがなかったと言ってもいい。しかしながら、ルイーズの見た目は決して不快ではない。ポールの手のひらに身を任せているヌヌは、まるでお人形さんのようだ。ミリアムが買ってあげた水泳帽からブロンドの後れ毛がはみでている。かすかに日焼けしたせいで、頰と鼻にあるそばかすが目立つ。ポールは初めて、ルイーズの顔が、生まれたてのヒヨコのように産毛で覆われているのに気づいた。しかし彼女にはどこか貞淑で子どもっぽいところがあって、ポールに欲望を起こさせない慎みを備えている。

　ルイーズは自分の足が波に洗われ、砂に沈みこんでいく様を見ていた。ミリアムが船の中で、シフノス島は古代は金鉱、銀鉱のおかげで栄えていたと話していたのを思いだし、海面や岩場のスパンコールのようなきらめきは金銀のきらめきなのだと思った。冷たい水が腿を覆う。今は性器まで届いた。海は穏やかで半透明だ。ルイーズの胸元に水しぶきを掛けて驚かせるような波はない。赤ん坊たちも両親の穏やかなまなざしのもと、波打ち際でおとなしく遊んでいる。腰まで水につかると、ルイーズは息ができなくなる。輝くような空、現実とは思えない空を仰ぎ見る。エビと貝の絵が描かれた浮き輪をつけたか細い腕で、手探りする。すがるような目で見つめられると、ポールは「心配しないで。大丈夫だから。足がついていれば、何も怖くはないから」と言って安心させようとした。しかしルイーズは立ちすくんだままだ。今にもバランスを失ってひっくり返ってしまうのではないか、深みに足を取られ、頭まで沈みこんでもがき苦しむのではないかと怖くて仕方ないのだ。

ルイーズは、子どもの頃住んでいた村の端っこにあった池にはまり込んだ同級生を思いだしていた。大きな泥の水たまりで胸の悪くなるような臭いがした。両親から禁止され、淀んだ水に引き寄せられて集まってくる、蚊がたくさんいたにもかかわらず、子どもたちはここに遊びにきたのだった。エーゲ海の碧い海に身を浸していながら、ルイーズは黒ずんで臭いあの水を、泥だらけになって発見されたあの子どものことを考えていた。ふと気づくと、目の前でミラが立ち泳ぎをしていた。ミラは軽々と水に浮いていた。

三人はほろ酔い加減で、子ども部屋から突きだしたテラスへと続く石段をのぼっている。みんな笑顔だ。ルイーズは他より少し高い石段に差しかかると、ポールの腕をつかんだ。そして時折、真っ赤なブーゲンビリアの横に腰をおろし、息を整えながら、眼下のビーチで若者がカクテルを飲んだりダンスをしたりするのを眺めた。バーがビーチパーティーを催しているのだ。「フルムーン・パーティーだよ」ポールがルイーズのために説明した。満月、まん丸で赤褐色の月を祝うためのパーティー。ディナーの間じゅう、三人は度々この月の美しさを口にした。ルイーズはこれほど美しい月をこれまで見たことがなかった。あまりにきれいでつかんでしまいたくなるような月。子どもの頃に見ていた、冷たく、灰色をした月ではない。

彼らは高台にあるレストランのテラスから、シフノス湾に溶岩のような色をした太陽が沈んでいくのを眺めた。ポールに言われて、ルイーズはレースのように美しい雲に目をやった。旅行者たちがカメラを向けていた。ルイーズも立ちあがり携帯電話を持ちあげようとしたとき、ポールがルイーズの腕にそっと手を置いて腰かけさせた。「写真なんて撮ってもなんにもならないよ。胸に刻んでおいたほうがいい」

三人でとる初めての食事だった。ペンションのオーナー夫妻が子どもたちを預かると申してでてくれたのだ。彼らの子どもたちがミラとアダムと同年代だったこともあり、到着以来、一時も離れぬほど仲良しになっていた。ミリアムとポールはこの提案に不意をつかれ、ルイーズは当然のことながら、そんなことはできませんと固辞しようとした。子どもたちだけ置いて外出するなんて私にはできない、寝かしつけなければならないから、それが自分の仕事だからと。それでもオーナー夫妻はたどたどしいフランス語で言った。「一日中泳いでいたのだから、ほっておいても寝てしまいますよ」

そこで三人は、少々ぎこちない雰囲気の中、沈黙したままレストランへ向かった。テーブルにつくと、三人ともよく飲んだ。ミリアムとポールは内心このディナーを不安に感じていた。何を話せばいいのだろう。そもそも話題があるだろうかと。それでも、これはきっといいことに違いない、ルイーズは喜ぶに違いないと思えた。「彼女のふだんの仕事を評価していると感じてもらえたらいいじゃないか、そうだろう」彼らはもっぱら、子どもたちのことや美しい風景、翌日の予定、ミラの泳ぎがうまくなったことなどを話した。ルイーズも何か話したかった。何か、どんなことでもいいから自分の話をしたかったが、できない。大きく息を吸いこみ、何か言おうとして顔を前に突きだすが、黙ったまま引っこめる。こうして飲み続けるうち、沈黙は穏やかで心地よいものに変わった。

ルイーズの隣に腰かけていたポールがルイーズの肩に腕を回した。アニスの香りのカクテル、ウーゾが彼を陽気にしているのだ。大きな手で肩をつかみ、昔も今も変わらぬ生涯の友にするように微笑みかけた。嬉しくなったルイーズは目の前にいるこの男性の顔を見つめた。日に焼けた肌、白くて大きな歯、潮風のせいでよりブロンド色になった髪。恥ずかしがりやの知人や苦痛を抱えた友、リラックスしてほしい、元気を取り戻してほしい相手にするように、ポールはルイーズをやさしく揺すった。もし勇気があったら、ルイーズは自分の手をポールの手に重ねただろう。か細い指で彼の手を握りしめただろう。

食後酒をサービスしてくれたギャルソンとも気軽に冗談を言い合えるポールの自然体な人柄にルイーズは魅了された。ポールはほんの数日の間に商店の売り子たちを笑わせて、おまけをしてもらったりするほどギリシャ語の言葉をいくつも覚えていた。ポールの存在はすぐに人々に知られるようになった。ビーチではよその子どもたちもポールと遊びたがり、彼は子どもたちの望みに笑顔で応えた。肩車をしたり、一緒に海に飛びこんでいったり。ことさら、ポールの食欲はあっぱれだ。ミリアムは気に入らないようだが、ルイーズはポールが「これも注文しようか。食べてみようよ、ね」と言いながらメニューをまるごと頼んでしまうほどの食欲を、そして、指先で肉の塊やピーマンやチーズをつかんで、心から楽しそうに口に放りこむ様子を感動しながら見ていた。

ペンションのテラスに戻ると、なんだかおかしくなって三人はこぶしを口に当ててぷっと吹きだしたが、すぐにルイーズが唇に人差し指を当ててしーっと言った。子どもたちを起こしてはいけない。こうして一瞬にしてヌヌとしての責任感が蘇るルイーズの様子が、ポールとミリアムにはまたおかしく思えて笑った。ほんの数日前は、おとなげない考えに一日中神経が張りつめ、子どもっぽい振る舞いをしていた彼らだったが、今夜は、いつもとはまったく違う軽やかな風が吹いていた。増幅していた不安が酔いのおかげもあって鎮まり、子どもをはさんで夫と妻、母親とヌヌの間で高まっていた緊張が緩んでいた。

ルイーズはこの瞬間がどれほどはかないものかわかっている。ポールが妻の肩のあたりを物欲しげに見つめている。明るいブルーのワンピースを着たミリアムの肌はよりブロンズ色に見える。ふたりは前後左右に足を揺らしながら踊り始めた。ぎこちなく、困ってさえいるように見えるダンス。ミリアムは、まるでかなり長いこと、こうして腰に手を回されたことがなかったかのようにはにかんでいる。こんなふうに夫から望まれることを厄介とでも感じているように。しばらくしてミリアムが夫の肩に頬を預けた。ルイーズには、ふたりがそろそろ踊るのをやめて、眠くなったふりをしておやすみを言って部屋に帰ってしまうことがわかった。ふたりを引きとめたい、ふたりにしがみつきたい、石の地面を爪で引っかきたい。オルゴール台のうえで笑顔のままかたまっているダンサーのように、ルイーズはふたりを円錐形のカバーの中に閉じこめてしまいたい。飽きることなく、何時間でも眺めていられるだろう。ふたりが生きている様子を見ているだけでも満足だ。すべてが完璧にいくように、この構造に支障が起きないように、自分は日陰で仕事さえできればいい。ルイーズの心に熱烈で悲痛な確信が生まれた。自分の幸せはポールとミリアムのふたりがいてこそ成り立つのだと。ルイーズはふたりのもので、ふたりは自分のものなのだと。

ポールがくっくっと笑った。唇を妻のうなじに押しあてて何かささやいた。ルイーズの耳には届かなかった何か。ポールがミリアムの手をしっかり握ると、ききわけのよい子どもたちのようにふたりそろってルイーズにおやすみなさいを言った。寝室に続く階段をのぼっていくふたりの後ろ姿をルイーズは眺めた。ふたつの体の青い線がぼやけて、影となって、扉が閉められた。カーテンが引かれるのを見たルイーズは、わいせつな夢にふけった。望まずとも、勝手に聞こえてくる。ミリアムのあえぐ声、若い娘のようなうめき声。シーツの擦れる音、ベッドヘッドが壁にぶつかる音。

ルイーズはハッとして目を開けた。アダムが泣いていた。

ローズ・グリンベルグ

マダム・グリンベルグは少なくとも百回は、このちいさなエレベーターの周囲で起きたことの詳細について話すことになる。建物の一階でほんの少し待った彼らを五階まで運んでいった、マダム・グリンベルグの人生でもっとも悲痛な時間となった二分にも満たない瞬間。運命の一瞬。

彼女は、自分は物事の成りゆきを変えられたはずだと、何度も繰り返した。ルイーズの息づかいにもっと注意を払っていたら。昼寝をするときに窓も鎧戸も閉めずにいたなら。泣きながら電話をかけた彼女の娘たちも、母親を落ちつかせることはできなかった。警官たちはマダム・グリンベルグが自分自身を過剰なまでに重要視する態度に苛つくことになる。「いずれにしても、あなたにはどうすることもできなかったでしょう」と冷たく言い放たれると、彼女は輪をかけたように泣く。彼女は裁判の行方を追うすべてのジャーナリストに話して聞かせる。高慢で仕事が雑に見える被告人の弁護士にも、証人として法廷に召喚されたときにも、何度も繰り返す。

ルイーズはいつもと様子が違った、とマダム・グリンベルグは何度となく証言することになる。ふだんはにこにこして愛想のいいヌヌがエレベーターのガラスの扉の前に身じろぎもせずに立っていた。アダムは階段にちょこんと腰かけて金切り声を上げ、ミラは弟に体当たりしながら飛びはねていた。ルイーズは動かなかった。ただ、下唇だけがかすかに震えていた。手を組み、うつむいていた。まるで、子どもたちのうるさい声も耳に届かないかのように。ふだんは隣人を気遣い、子どもたちのお行儀に厳しい彼女が、この日に限っては、騒いでいる子どもたちに声を掛けようともしなかった。まるで何も聞こえていないようだった。

マダム・グリンベルグはルイーズのことを評価していた。人からうらやまれるほど子どもの世話をすることにたけているエレガントなこの女性に、賞賛の気持ちさえ抱いていた。幼いミラの髪はいつもきちんと三つ編みにされているか、シニョンにしてリボンがつけてあった。アダムはルイーズが大好きのようだった。「こんなことが起きた今となっては、口にすべきではないかもしれませんが、私はいつも、あの子たちは彼女のような人に面倒を見てもらえて運がいいと思っていたんです」

エレベーターが一階に下りてくると、ルイーズはアダムの襟をつかみ、エレベーターボックスまで引っぱった。ミラは歌を口ずさみながらふたりのあとについていった。マダム・グリンベルグは彼女たちと一緒に乗るのをためらった。郵便受けを見にいくふりをして玄関に引き返そうかと、一瞬、迷った。ルイーズの青ざめた顔のせいで居心地の悪さを覚えたからだ。五階に着くまでの時間が永遠に感じられるのではないかと心配だったのだ。しかし、ルイーズは買い物袋を両足の間に置き、隣人のためにドアが閉まらないよう手を掛けて待っていた。

「彼女は酔っている様子でしたか？」

この点についてマダム・グリンベルグは断言する自信がある。ルイーズは酔っていなかった。「もし少しでも酔っているように見えていたら……子どもたちと一緒に部屋に入らせたりするものですか」しかし法廷の席でのこの発言に対し、べたついた髪の女性弁護士は、何をふざけたことをとでも言いたげに、マダム・グリンベルグにはめまいがあり、視力にも問題があると反論した。まもなく六十五歳の誕生日を迎える元音楽教師は目がよく見えない。そもそも、彼女は暗闇の中でもぐらのように生活している。直射日光に当たるとひどい頭痛が起きるので鎧戸を閉める習慣があり、そのせいで何も聞こえなかったのだと断言した。

マダム・グリンベルグはこの弁護士を、裁判所のど真ん中でののしりそうになった。なんとかして黙らせ、あごを砕いてやりたくて仕方なかった。恥ずかしくないのだろうか。あの女には品位というものがない。裁判が始まった日から、この弁護士はミリアムのことを「家庭不在の」「不当雇用の」と表現し、出世欲に目がくらみ、エゴイストで、ルイーズを限界に追いこむまで無関心だったと述べた。傍聴席にいたひとりのジャーナリストは、「イライラしても無駄ですよ、弁護するための作戦にすぎないから」と言った。それでもマダム・グリンベルグは最低だと思う、最低、その一語に尽きると。

同じ建物の住人たちはひとりとして、この事件について口を開こうとしない。それでもマダム・グリンベルグは誰もがこの事件について考えていることくらいわかっている。夜になるとどの階の人でも、暗闇の中、目を閉じられずにいるのを。この建物で起きた悲劇に心をふさがれ、涙を流しているのを。なかなか眠ることができずに、寝返りを繰り返していることを。三階に住んでいた夫婦は引っ越した。マッセ夫妻は当然のことながらあの日から二度と戻ってこない。マダム・グリンベルグは幽霊が漂っていようが、あの叫び声が執拗に頭にこびりついていようが、この建物を離れるつもりはない。

あの日、昼寝から目覚めて鎧戸を開けた。叫び声を聞いたのはそのときだった。ほとんどの人が耳にしたことのない悲鳴。あれは、違う世界で、別の大陸で、戦争が起きて塹壕《ざんごう》の中で上げるような叫びだ。日常耳にするものじゃない。息継ぎも言葉もなく、途切れることなく、十分は続いた。血液と鼻水で喉をふさがれ、怒りのこもった、しゃがれた叫び声。「お医者さん」マダム・グリンベルグがやっとのことで口にできたのが、このひと言だった。助けは求めなかった。「助けて」とは言わなかった。彼女にしては珍しく自覚をもって繰り返した。「お医者さんを呼ばないと」と。

悲劇の一ヶ月ほど前、マダム・グリンベルグは通りでルイーズとばったり会った。ヌは心配事がある様子で、最終的にはお金の問題を切りだした。家主につきまとわれていること、増え続ける借金、常に赤字の銀行口座。ルイーズは話せば話すほど、空気が抜けてしぼんでいく風船のように見えた。

マダム・グリンベルグは話の意味を理解できないふりをしながら聞いていた。あごを引いて、「今は誰にとっても厳しい時代ですよね」と相づちを打つと、ルイーズはマダム・グリンベルグの腕をつかんで言った。「私は物乞いなどするつもりはありません。夜中でも早朝でも、子どもたちが寝ている間でも、家事、掃除、アイロン掛け、何でもします。どんなことでも、お望みのことをします」ルイーズがあれほど強く腕をつかんでこなかったら、ののしるような、脅迫するような目でにらみつけてこなかったら、マダム・グリンベルグはルイーズの提案を受けていたかもしれない。そして、警察がなんと言おうと、すべてを変えることができただろう。

飛行機の離陸時間が大幅に遅れたために、パリに着いたときにはすでに日が暮れていた。ルイーズは子どもたちに恭《うやうや》しく別れの挨拶をした。きつく腕に抱きしめ、ひとしきり頬にキスを浴びせた。「また月曜に。そう、月曜に。いつなんどきでもご連絡くださいね」空港の駐車場に向かうためにエレベーターに乗りこんだミリアムとポールに向かってルイーズは言った。

ルイーズはＲＥＲの乗り場へと歩いた。車内はがらがらだった。窓際に腰かけると窓外に目をやりながら次々と毒づいた。柄の悪い若者たちがたむろするプラットフォーム、ペンキのはがれた建物、汚いバルコニー、警備にあたる警察官の敵意に満ちた顔。ルイーズはうんざりして目を閉じ、ギリシャの浜辺を、サンセットを、海に面したレストランでのディナーの思い出を呼び寄せた。精霊の神たちが奇跡を呼ぶように、ルイーズは記憶に救いを求めた。帰宅して部屋の鍵を開けると、手が震えだした。ソファーのカバーをひっぺがし、ガラス窓を叩き割ってしまいたかった。巨大なマグマのような苦痛に、はらわたをえぐられるような思いがした。ルイーズは必死でわめきちらしたい衝動を抑えた。

翌日土曜の朝は十時まで寝た。ソファーに横たわり、胸のうえで手を組んで、緑色のペンダントランプにつもったほこりを見ていた。自分なら決してこんなに醜いものを選ばなかったはずだと思う。彼女が借りたのは家具付きの部屋で、装飾品もそっくりそのままにしてある。夫のジャックが亡くなり、自宅から強制退去を余儀なくされたとき、ルイーズは暮らしていく場所を探さなければならなかった。数週間はあちこちさまよっていたが、どんなにちいさくても落ちつく場所が必要だった。クレテイユのこのひと間だけの部屋は、ルイーズに情を寄せていたアンリ・モンドール病院の若い女性看護師が見つけてくれた。家主は保証金もほとんど取らないし、現金での家賃の支払いも受け入れてくれるだろうと言って、この部屋を勧めてくれたのだ。

ルイーズは起きあがり、椅子を押してペンダントランプの真下に置き、雑巾でランプを磨き始めたが、あまりに力を込めてつかんだせいで天井からはぎ取ってしまいそうになった。つま先で立ち、ほこりを払い落としていると、灰色の大きなふわふわした塊が髪の毛に落ちた。十一時にはすべてきれいになっていた。窓ガラスの内側と外側を拭き、洗剤を含ませたスポンジで鎧戸の汚れも落とした。ぴかぴかに磨かれた、どこか滑稽な靴が壁に沿って並んでいる。

きっと彼らは電話をしてくるだろう。土曜日は時々外で食事をするのをルイーズは知っている。ミラが話してくれたのだ。みんなでブラッスリーに出かけていき、そこではミラはなんでも好きなものを注文する権利があり、アダムは両親が目を細めて見つめる中、スプーンの先っぽでほんの少しだけカラシやレモンの味を体験する。一緒にいられたら楽しいだろうと思う。客であふれかえるブラッスリーで皿の触れ合う音、ギャルソンたちの声に囲まれたら、静寂は怖くなくなるだろう。ミラとアダムの間に座り、ミラの膝のうえの白いナプキンを掛け直したり、スプーンでひと口ずつアダムに食べさせたりするだろう。そして、ポールとミリアムの話に耳を傾けているうちに時間はあっと言う間に流れていき、気分よく過ごせるだろう。

ルイーズはブルーの服を着ている。足首まで届く丈の長いワンピースで、うえからしたまでちいさなパールボタンでとめるようになっている。必要とされたときに備えて支度をしておいたのだ。彼らの居場所に飛んでいく必要が生じたときのために。彼らはルイーズがどれだけ遠くに住んでいて、どれだけ時間をかけて毎日通っているかを忘れているだろうから。ルイーズはキッチンの椅子に腰かけ、合成樹脂のテーブルを指で叩いた。

お昼の時間が過ぎていく。磨かれたガラス窓に雲が忍び寄り、空が薄暗くなっていく。風が強まり、プラタナスの葉を揺らし、雨が降り始めた。ルイーズは落ちつかない。彼らは電話をかけてこない。

もはや出かけるには遅い時間になってしまった。近くなら、パンを買いにいきながら外の空気を吸うこともできる。ただ散歩することもできる。しかしこの人気のない通りでルイーズは何もすることがない。この界隈の唯一のカフェは酔っぱらいたちのたまり場で午後三時にはすでにいっぱいになり、空き地の金網のうしろで殴り合いが始まることもある。もっと早くに心を決めて出かければよかった。メトロに乗り、新学期に備えて買い物をする人たちに交じって、パリの街をぶらぶらすればよかった。群衆の中で迷子になってしまったら、デパートの前を足早に歩く美しい女性たちのあとをついていけばいいのだから。お茶を飲む人たちのテーブルがひしめき合うマドレーヌ界隈のカフェでのんびりしてもよかった。ぶつかってくる人たちがいれば、「ごめんなさい」と言ったたろう。

彼女の目にパリの街は巨大なショーウィンドーのように映る。オペラ座界隈を散歩し、ロワイヤル通りを下り、サン・トノレ通りを歩くのがとりわけ好きだ。街行く人々やショーウィンドーを観察しながら、ゆっくりと歩を進める。ルイーズはすべてが欲しい。スエードのブーツ、バックスキンのジャケット、ニシキヘビのバッグ、ラップワンピース、ステッチの入った腰丈のジャケット。シルクのブラウス、カシミアのピンク色のカーディガン、シームレスのストッキング、ミリタリージャケット。ルイーズは欲しいものがなんでも手に入る暮らしを想像してみる。猫なで声で寄ってくるブティックの店員に気に入ったものを次々と指差していくような日々を。

退屈と不安が続く中、日曜が訪れた。ソファー兼ベッドで過ごす、暗く、重苦しい日曜日。着替えをせずに寝こんでしまい、化繊生地のブルーのワンピースは恐ろしく皺が寄り、汗で濡れていた。夜中に目を覚ますたび、一時間が経過したのか、ひと月が過ぎたのかもわからず、ミリアムとポールの家で寝ているのか、ボビニーの家でジャックの隣に寝ているのかもわからなかった。再び目を閉じると、急激に眠りに落ちていった。

ルイーズはどう考えても週末が大嫌いだ。娘と一緒に住んでいたとき、思春期になったステファニーは日曜に何もすることがないと言って不満を口にするようになった。母親はよその子どもたちにはあれこれと企画するくせに、実の娘には何もする権利がないと言って、機会さえあれば家を飛びだしていった。金曜の夜は決まって近所の同年代の友達と出かけていき、目を充血させ、隈《くま》のできた青白い顔で朝方になって帰宅した。うつむいたまま居間を横切って冷蔵庫に突進し、座りもせずに壁にもたれかかったまま、ルイーズがジャックのために用意しておいた朝食をがっついた。一度、髪の毛を真っ赤に染めたことがあった。鼻にピアスも開けた。週末の間ずっと帰ってこないようになった。そしてある日、本当に帰ってこなくなった。ボビニーの家にステファニーを引きとめるものは何もなかった。ずっと前から通うのをやめていた高校も。母親のルイーズでさえも。

当然のことながらルイーズは警察に届けを出した。「一時的な家出でしょう。あの年頃ではよくあることです。少し待っていれば戻ってきますよ」これ以上警察としては母親に対して言うべきことはなかった。ルイーズも捜しはしなかった。しばらくして隣人から、ステファニーが南仏にいて恋をしていると知らされた。しょっちゅう旅行をしているようだと。しかし、詳細も訊かなければ質問もしない、知っている情報について繰り返させないルイーズに隣人は驚くばかりだった。

ステファニーは姿を消した。幼い頃からずっと、自分は邪魔者なのだと感じていた。実の父親ではないジャックからは迷惑がられ、声を上げて笑えば母親が預かっている子どもたちを起こしてしまう。太い腿、丸々とした体のせいで、狭い廊下で人とすれ違うと壁を壊してしまうのではないかと心配だった。通り道をふさいでしまう、ぶつかってしまう、誰かが座りたいと思っている場所を占領してしまうのではないかといつもびくびくしていた。話しても、言いたいことをうまく言えない。笑えば、その笑いがあまりに無邪気で人の気分を害す。そしてついに、ステファニーは人目につかないようにするための才能を身に付けた。そして当然の流れとして、音も立てず、予告することもなく、運命によって決められていたかのように、彼女は姿を消した。

月曜の朝、ルイーズは夜が明けきらぬうちに家を出た。ＲＥＲの駅まで歩き、オベール駅で乗り換え、プラットフォームで時間がくるのを待って、ラ・ファイエット通りからオトヴィル通りに出た。ルイーズは兵士だ。何がなんでも前進する。動物のように。意地悪な子どもたちに脚を折られてしまう犬のように。

九月はまだ気温も高く、光に満ちている。幼稚園が休みの水曜日の午後には、家にいたがる子どもたちの背中を押して公園で遊ばせたり、魚たちを見に水族館に連れていったりする。ブローニュの森の湖でボートに乗ったとき、ルイーズはミラに、湖面に漂っている水草は、実は、落ちぶれて復讐を企んでいる魔女の髪の毛なのだと話して聞かせた。九月末の水曜のこと、あまりに穏やかな晴天にルイーズは嬉しくなって、子どもたちを動物園に連れていった。メトロの入り口で、年老いたアラブ人の男性が、階段を下りようとしていたルイーズに手を貸しましょうと言ってきた。ルイーズは男性にお礼だけ告げると、アダムが眠っているベビーカーをつかんだ。それでも男性はついてきて、あなたのお子さんはいくつですかと訊いてきた。ルイーズは自分の子どもではないと答えようとしたが、「ふたりともかわいいですね」と言って、すでに子どもたちを覗きこんでいた。

子どもたちはメトロが大好きだ。ルイーズが手をつないでいなければ、プラットフォームを走り、乗客たちの足を踏みながら車両に乗りこむだろう。何がなんでも窓側の席を占領するためだ。舌を出し、目をまん丸にして、時折、地上を走るメトロの車窓の景色を眺めていたいのだ。ふたりは立ちあがり、アダムもお姉ちゃんの真似をして窓に付いているバーを握りしめて運転手のふりをする。

動物園の庭園で、ヌヌも一緒になって子どもたちと走り回った。ほがらかに笑い合い、アイスクリームや風船を買い与えて甘やかした。鮮やかな黄色や血のような赤に染まった落ち葉の絨毯に寝転んで写真も撮った。ミラが、こんなに近くに生えているのに、なぜ、キラキラ輝く金色の葉っぱもあれば、緑から直接、茶色に変わる葉っぱもあるのかと訊いた。ルイーズは答えることができず、「ママに訊いてみましょうね」と言った。

アトラクションの列車に乗せると、子どもたちは恐怖と興奮から大声で叫んだ。ルイーズはめまいを起こしそうになったものの、列車が暗いトンネルに入りこみ、猛スピードで坂を下り始めたときには膝に乗せていたアダムをしっかりと抱きかかえた。トンネルを抜けて空を見上げると風船が飛んでいた。ミッキーが宇宙船になったように見えた。

お昼を食べるために芝生のうえに陣取った。ミラは数メートルも離れたところにいる孔雀を怖がるルイーズをからかった。ヌヌは、ミリアムがベッドのしたに丸めて放置していた古いウールの毛布を引きずりだし、洗濯して繕ってこのときのために持ってきていた。三人は芝生のうえでお昼寝をした。ルイーズが目覚めると、アダムはヌヌにぴったりと体をつけて眠っていた。寒かった。子どもたちが毛布を引っぱったのだ。振り返ると、ミラの姿がない。ヌヌはミラの名前を呼んだ。叫び始めた。周囲にいた人々が何事かと振り返り、声を掛ける。「大丈夫ですか？　何かお手伝いすることは？」ルイーズは答えない。「ミラ！　ミラ！」アダムを腕に抱きかかえ、声を限りに叫びながら走った。メリーゴーラウンドの周りを一周し、射的の前を通った。涙が出そうになり、ルイーズは歩いている人たちの体を揺さぶり、子どもの手をしっかり引いて足早に歩く人たちを押しやりたい気持ちになった。ちいさな納屋のある場所に戻った。あごが震えて、もはやミラの名前を叫ぶことさえできない。頭痛がして足に力が入らない。動くことも、口を開くこともできなくなり、ふらふらして今にも倒れてしまいそうだ。

するると、小道の先にミラの姿があった。ベンチでアイスクリームをほおばるミラの横に、女性が寄り添うように腰かけている。ルイーズはミラに向かって突進した。「ミラ！　どうしたの？　こんなところで何してるの！」六十代とおぼしき女性が幼い少女の体を腕で引き寄せた。「まあ、なんてことでしょう。あなたのほうこそ、どうかなさったんじゃない？　こんな幼い子がひとりぼっちになるなんて。この子にご両親の電話番号を訊くことだってできるんですよ。ご両親は不満に思われるでしょうね」

しかしミラは見知らぬ女性の腕から逃れた。女性の体を押しやり、きっとにらみつけてから、ルイーズの脚にしがみついた。ヌヌはミラを抱きしめ、ひんやりした首に唇を押しあて、髪をなでた。ミラの青ざめた顔を見つめ、目を離したことを謝った。「私のかわいい子、天使、私の子猫ちゃん」ヌヌはミラをあやし、キスの雨を降らせ、胸にかき抱いた。

少女がブロンドの小柄な女性に抱きついているのを見て、年老いた女性は騒ぐのをやめた。もう何も言うことがなくなり、頭を振りながら非難するような目でふたりの様子を見ていた。スキャンダルを起こしたかったに違いない。そうすればいい気晴らしになったのだろう。ヌヌが騒ぎたてたとしたら、両親に電話せざるをえない状況になり、脅迫めいたことまでして、それが実行されたとしたら、人におもしろおかしく語ることができただろうに。女性はやっとのことでベンチから立ちあがり、「まあいいわ、これからは気をつけることね」と言いながらその場を離れた。

ルイーズは二度三度と振り返りながら去っていく年老いた女性を見ながら、感謝の気持ちを込めて微笑みかけた。猫背のシルエットが遠ざかるにつれ、ルイーズはミラを抱きしめる腕に力を込めていった。胸を押しつぶされそうになったミラが、「やめてよ、ルイーズ、息ができなくなっちゃうよ」と、腕から逃れようと体をばたつかせ、脚で蹴っても、ヌヌはかたくなにミラを離さない。口元をミラの耳に近づけ、静かな、凍りつくような声で言った。「二度と離れないで。いいわね。誘拐されたいの？　意地悪なおじさんに？　次はきっとそういうことが起こるわ。どんなに泣いても、どんなに叫んでも、誰も助けにこないのよ。おじさんに何をされるかわかってる？　え？　わからないでしょ？　あなたを連れ去り、どこかに閉じこめて、あなたはおじさんにしか会えなくなるの、誰にも会えない、ママとパパにも会えなくなるのよ」ルイーズがミラを離そうとしたその瞬間、肩に鋭い痛みを覚えた。ルイーズはうめき、ミラを突き放そうとしたが、ミラは血が出るまで嚙んでいた。ミラの歯はルイーズの肉に食いこみ、引き裂いた。荒れ狂った犬のように、ミラはルイーズの腕にしがみついたままだった。

その晩、ルイーズはミラが迷子になったことも、嚙みついてきたことも、ミリアムには何も話さなかった。ミラも、ヌヌが警告したわけでも脅迫したわけでもないのに黙っていた。今、ルイーズとミラはお互いにそれぞれに対する不満を抱いている。しかし、この秘密のおかげで、ふたりはこれまでになく密に結ばれていると感じていた。

ジャック

ジャックはルイーズに向かって「黙ってろ」と言い放つのが好きだった。神経に障る彼女の声に耐えられなかった。「少しは黙ってろよ、いいな？」車に乗るとルイーズはしゃべらずにはいられなかった。道路が怖くても、しゃべっていると落ちついていられるのだ。ワンフレーズごとに息継ぎをしながら、どうでもいいようなことをつぶやき続けた。通りの名前をいちいち口にして、その道にまつわる記憶を並べ立て、やかましくしゃべりまくるのだった。

夫が激怒しているのがルイーズには心地よかった。夫がラジオの音量を上げるのは、自分を黙らせたいからだとわかっていた。窓を開けて鼻歌を歌いながらタバコを吸うのは自分を侮辱するためだと知っていた。夫の怒りは怖くもあったが、その一方で、時折、興奮させられる瞬間があるのも認めざるをえなかった。路肩に急停車してルイーズの首根っこをつかみ、押し殺したような声で、「永遠に黙らせてやろうか」と脅すように言うまで夫の腹をきりきりさせ、怒らせることに喜びを感じていた。

ジャックは不器用でやかましい男だった。年を取るにつれ、とげとげしく、必要以上に尊大になっていった。夜、仕事から戻ると、少なくとも一時間は誰かしらの不満をあげつらった。彼が言うには、誰も彼もが自分から何かしら盗み取ろうとしている、操ろうとしている、地位を利用しようとしているということだった。初めて解雇されたとき、彼は雇い主を相手取って労働審判所で不当解雇を訴えた。裁判には長期間を要し、膨大な費用がかかったが、最終的に手に入れた勝利に味をしめ、それ以降、訴訟や裁判に喜びを見出すようになった。その後、車の事故に遭ったときには、たいした事故でもないのに莫大な保険金を手に入れられると信じていた。さらに、同じ建物の二階の住人、市役所、建物の組合を次々と攻撃した。解読不能な文字で脅迫めいた手紙を書くことに日々を費やした。自分に有利な法律や条項をひとつでも多く見つけようと、インターネットの法律サポートサイトを仔細に調べた。ジャックは怒りっぽく、どこまでも不誠実だった。他人の成功をねたみ、どんな功績も否定した。他人の苦悩を思い切り楽しむために、商事裁判所の傍聴席に陣取って、予期せぬ破産や悲惨な運命に耳を傾けて午後を過ごすことさえあった。

「おれはおまえとは違うんだ」ジャックは誇らしげにルイーズによくこう言った。「人にぺこぺこしたり、ガキのクソや反吐《へど》の始末なんかしたくない。そんな仕事をするのは黒人ぐらいだろう」ジャックは妻のことを従順すぎると思っていた。夜の夫婦生活においては興奮させられることはあっても、それ以外の時間は苛立たせられるだけだった。夫はアドバイスをし続けたが、妻は聞き流していた。「支払ってくれって言えばいいんだよ、それだけのことさ」「一分でもただで働くなんて、そんなことするな」「病欠を取れよ、な、だからってあいつらが困ることなんてないだろ?」

ジャックは厄介事にいつも時間を取られて、忙しすぎて仕事を探す暇がなかった。外に出ていくことは稀で、いつもテレビをつけっぱなしにしたまま、ローテーブルに書類を広げていた。その頃になると、預かっている子どもたちの存在に耐えられなくなり、雇い主の家に行って仕事をしろと頭ごなしに命令した。子どもの咳や泣き声はもちろんのこと、笑い声でさえ癇に障るのだった。とりわけ彼が嫌悪感を覚えたのは、ほかでもないルイーズだった。子どもたちを追いまわしながら、常につまらない心配事ばかりしているのを見ると、心の底から腹が立った。「また、おばちゃんのくだらない用事か」と繰り返した。ルイーズのしていることは仕事どころか、あえて口にするようなことではないと彼は思っていた。赤ん坊だの老人だのの世話は、世間から隠れたところでなされるべきで、自分のようなふつうの人間は何ひとつ知る必要もないことだと。同じ動作を繰り返し、束縛されて自由のないこの年代は、人生にとって負の時間。慎みに欠ける、おぞましい時代。悪臭を漂わせた機械仕掛けのような体で愛と飲み物を要求して生きていく人生の一時期。「人間でいることに嫌気がさすのは、当人たちなんだ」

この頃、ジャックはクレジット払いでコンピューター、新しいテレビ、マッサージチェアを一台ずつ購入した。マッサージをしないときは椅子の背を倒して昼寝をした。コンピューターのブルーの画面の前に何時間も腰かけ、喘息《ぜんそく》性の息で部屋を充満させた。あふれんばかりのおもちゃに取り囲まれて興奮している子どものように、真新しいテレビの前に陣取り、無我夢中でリモコンのボタンを押していた。

一緒に昼食をとっていたので、それは土曜のことだったはずだ。ジャックは例によってぶつぶつ言っていたが、いつもの覇気はなかった。ジャックは妻がローテーブルのしたに置いておいた冷たい水の入ったバケツに両脚を浸していた。ルイーズは今でも夫の紫色の脚、糖尿病のために異常に腫れた踵の悪夢を見る。マッサージしてくれと終始言われていた脚。ルイーズはその数日前から、夫の顔が蠟《ろう》のように白く、目がどんよりしていることに気づいていた。途中で息をつかないと短い言葉でさえ言い終えることができないことにも気づいていた。その日、ルイーズは子牛の骨付きすね肉のトマト煮をこしらえた。三口ほど食べて何か言おうとしたとき、ジャックはすべてをお皿に吐きだした。まるで新生児のように一気に吐いた。ルイーズにはすぐに深刻な病状だとわかった。時間が経てば治るというものではないだろうと。ルイーズは立ちあがり、呆然としているジャックに向かって、「大丈夫、なんでもないわ」と言った。息つく間もなくしゃべり続けた。トマト煮にワインを入れすぎた自分が悪かった、そのせいで胸焼けを起こしたのだと、くだらない論理を展開させながら。こうしたほうがいい、ああしたほうがいい、自分が悪かった、ごめんなさいと、とにかくしゃべり続けた。ルイーズが声を震わせて支離滅裂にしゃべり続けるせいで、ジャックの不安はますますふくらんだ。階段のうえで一段踏みはずし、真っ逆さまに転落し、背骨を折り、血を流している自分を見ているかのように。もしルイーズが黙っていたら、ジャックは泣いて助けを求め、やさしささえ求めただろう。しかしルイーズはお皿を下げながら、汚れたテーブルクロスをはずし、床を拭きながら、よどみなくしゃべり続けた。

ジャックはその三ヶ月後に亡くなった。遺体は、誰かが日向に置き忘れた果物のようにしなびていた。葬儀の日は雪が降り、周囲は青みがかって見えた。ルイーズはひとりぼっちだった。

公証人から申し訳なさそうな顔で、ジャックが残していったのは借金だけだったと告げられたとき、ルイーズは黙ってうなずいた。彼のシャツの襟が押しつぶしている喉仏をじっと見つめて、この状況を受けとめるふりをした。ルイーズがジャックから譲り受けたのは、頓挫《とんざ》した係争、順番待ちの訴訟、未払いの請求書だけだった。銀行は、ボビニーのちいさな家を出ていくまでに一ヶ月の猶予しか与えてくれなかった。一ヶ月後には差し押さえになる。ルイーズはひとりで荷造りをした。ステファニーが置いていったものを、丁寧に段ボール箱の中に入れた。ジャックが積み重ねていた書類は、どうしたらいいかわからなかった。狭い庭で燃やしてしまおうと思った。運が良ければ、その火は建物の壁に燃え移り、通りに広がり、地区全体を焼きつくしてくれるかもしれないと。そうすれば、ここで過ごした彼女の人生の一部は煙となって消えると。本当にそうなったとしても不快な気分にはまったくならなかっただろう。ひっそりと身じろぎもせずに、思い出を、人気のない暗い通りを、ジャックとステファニーとのトラブルの絶えなかった日曜を炎がことごとく燃えつくしていくのを見ていられるだろうと思った。

しかしルイーズはスーツケースを持ちあげ、鍵を二重に掛け、ちいさな家の玄関ホールに思い出の詰まった段ボール箱と娘の服、そして夫のずるい手口の痕跡を残して立ち去った。

この日は一週間分先払いをした安いホテルの部屋で寝た。サンドイッチを作って、テレビを観ながら食べた。イチジクの味のビスケットを舌のうえで溶かしてちびちびと食べた。ひとりぼっちになってしまった、という事実が浮き彫りになっていった。巨大な穴の中に落ちていく自分の姿を見ているように、孤独が皮膚に、服にはりつき、具体的な形になり、しぐさが次第に老女のようになっていくと感じた。日が暮れ始めると、照明を落とした空間から笑い声や息づかい、退屈してため息の漏れる音まで聞こえてきた。複数で暮らす家から聞こえてくる物音に、ルイーズは孤独を目の前に突きつけられた思いがした。

中国人が多く住む地区にある粗末なホテルの一室で、ルイーズは時間の概念を失っていた。途方に暮れ、逆上していた。世の中全体が彼女のことなどすっかり忘れていた。屋内とは思えない寒さにもかかわらず、ルイーズは何時間も寝て、目を腫らし、頭痛を抱えて目覚めた。空腹に胃が締めつけられるほど必要に迫られたときしか部屋を離れなかった。外に出ても映画のセットの中を歩いているようで、彼女は人々の動きに紛れて見えないエキストラのようだった。他の人たちはみな、どこか行く場所、帰る場所があるようだった。

孤独というものが麻薬のように作用し、ルイーズはそれなしでいられるのかどうかさえもわからなかった。ルイーズは腑抜けのように、痛くなるまで目を見開いたまま、さまよった。孤独に苛まれながら、ルイーズは人々の姿に目を向け始めた。ただ眺めるのではなく、じっと目を凝らして観察した。他人の存在をこれほどまで現実のものとして実感したことはなかった。テラスに腰かけているカップルのちょっとしたしぐさ。誰にも相手にされない老人たちのはすに構えた視線。ベンチに陣どって予習をするふりをしている女子学生たちの作り笑い。メトロの出口の前の広場には、そわそわしている奇妙な人たちの群れがいることに気づいた。ルイーズは彼らに交じって、会う約束をした相手が来るのを待った。ルイーズは毎日、独り言を言い続けている人々、ボケてしまった人々、物乞いをする人々と会って、彼らと時間を過ごした。街にはおかしな人々がたくさんいた。

冬になると変わりばえのしない天気の日が続く。十一月は雨の日が多く、凍りつくように寒い。舗道が凍結すると、とても出かけられない。そんな日はルイーズは子どもたちを楽しませる努力をする。ゲームを考え、歌を歌い、段ボール紙で家を建てる。しかし、一日は永遠とも思えるように長い。

その日、熱を出したアダムはずっとぐずっていた。ルイーズはアダムを腕に抱き、一時間近く揺すってようやく寝かしつけた。居間を動き回っていたミラも次第にイライラしてきた。

「こっちにいらっしゃい」ルイーズがミラに言った。ヌヌはバッグの中から白い化粧ポーチを取りだした。いつか中身を見てみたいとミラが憧れていたものだ。ミラはルイーズのことをこの世で一番美しい女性だと思っている。ニースまで飛行機で行ったときに飴をくれた、きれいにお化粧をしたブロンドの客室乗務員に似ていると思っているのだ。お皿を洗ったり、幼稚園と家の間を走ったり、一日中忙しく動き回っていても、ルイーズはいつも完璧だ。髪の毛は丁寧にうしろでまとめられ、黒いマスカラを少なくとも三度は塗り重ねた目元は、目のぱっちりしたお人形さんのようだ。そしてルイーズの手。やわらかくて、花の香りのする手。マニキュアがはげ落ちていることなど決してない手。

時折、ルイーズはミラの見ているところでマニキュアを塗り直すことがある。ミラは目を閉じて除光液とマニキュアの匂いをかぐ。ヌヌは安物のマニキュアをきびきびと、正確に、爪からはみ出すことなく塗っていく。塗り終わった両手を宙ではためかせ、指先に息を吹きかけるのを、ミラはうっとりと見つめる。

ミラがルイーズから頰にキスされるのをいやがらないのは、頰のパウダーの匂いを吸いこんで、まぶたのうえのキラキラをもっと間近に見たいからだ。ミラはルイーズが口紅を塗るのを見るのが好きだ。汚れひとつないちいさな鏡を片手に持ち、おかしな表情で唇を横に広げる。ミラはすぐにバスルームに走り、鏡の前でその真似をする。

ルイーズは化粧ポーチの中を探り、ミラの手を取ってちいさな容器に入っているバラの香りのハンドクリームを手のひらに塗った。「いい匂いでしょ」ミラが仰天している目の前で、ルイーズはミラのちいさな爪にマニキュアを塗っていく。ツンとする匂いが強烈な、下品なピンク色のマニキュア。しかしミラにとっては、女性らしさを象徴するような匂いだ。

「靴下を脱いで」幼児期を過ぎたばかりの、まだぽっちゃりとした足の爪をピンク色に染めていく。次にルイーズはポーチの中身をテーブルのうえに広げた。オレンジ色の細かい塵とパウダーの匂いが広がると、ミラは大喜びして笑った。ルイーズはミラに赤い口紅を塗り、ブルーのアイシャドー、頰にはオレンジ色のチークをはたいた。そしてしたを向かせて、馬のたてがみのようになるまで、直毛の細い髪を逆立てた。

ケラケラ笑っているふたりの耳に、ポールが扉を閉め、居間に入ってくる音は聞こえなかった。ミラは父親に気づくと、口を開けてにっこり笑い、腕を広げてみせた。

「見て、パパ。ルイーズがしてくれたのよ」

ポールは娘をじっと見つめた。子どもたちに会えることを楽しみにいつもより早く帰宅した彼は、吐き気を催した。下劣で不健全なショーにでも紛れこんでしまった気がした。自分の娘、まだまだほんの幼い少女が、女装したゲイか時代遅れでつぶれかけているキャバレーの歌手のような姿になっている。ポールは自分の目が信じられなかった。頭に血がのぼった。こんな光景を押しつけてきたルイーズに対して激しい嫌悪の感情がこみ上げてきた。ブルーのトンボのように愛らしい彼の天使、ミラが、縁日の動物のように醜くなっている。ヒステリックな老婆が散歩用の洋服を着せた犬と同じくらい滑稽な姿だ。

「一体、何事だ？　どうかしてるぞ」ポールは大声を出した。ミラを腕に抱えるとバスルームの洗面台に行き、化粧を落とし始めた。「パパ、痛いよ」ミラは叫び、泣きじゃくる。透き通るような肌に赤い口紅がさらにねっとりとくっつき、べたべたは広がるばかりだ。父親は化粧が落ちていくどころか、逆に汚く、さらに醜くなっていく娘の顔を見て怒りを増幅させた。

「ルイーズ、言っておくが、二度とこんなことはしないでほしい。ぞっとするような真似はやめてくれ。娘にこんな下卑たことを教えるつもりはない。仮装するにはまだ幼すぎる、しかもゲ……言いたいことはわかるはずだ」

ルイーズはアダムを腕に抱き、バスルームの入り口に立っている。父親が叫んでも、この騒動を見ていても、アダムは泣かない。それどころか疑《うたぐ》るような目で父親をにらみつけている。自分はルイーズの味方だと言わんばかりに。ヌヌはポールがまくしたてるのを聞いている。うつむきもせず、謝りもしない。

ステファニーは死んでいたかもしれない。ルイーズは時折そう考える。そもそも生まれてくるのを阻止し、生きることを未然に防ぐこともできただろう。そうしたとしても誰も気づかなかったはずだ。生むべきだと熱心に説得してくれる人もいなかっただろう。もしも彼女の存在を「抹殺」していたら、むしろ社会は感謝してくれたかもしれない。ルイーズとしては善良な一市民として冷静な判断をしたことを証明できただろう。

ルイーズは二十五歳だった。ある朝目覚めると、乳房が重く、痛みがあった。社会生活を送る彼女の日常に新たな悲しみが不当に介入してきた。状況が悪化することは目に見えていた。当時、ルイーズはムッシュー・フランクの家で働いていた。パリ十四区の邸宅に母親と暮らす画家だった。フランクの作品について、ルイーズはよくわからなかった。居間で、廊下で、寝室で、時折、絵画の前で立ちどまって眺めた。この画家に名声を与えている、苦痛や麻痺で体が動かせなくなって顔を歪めている女性の巨大なポートレイト。たとえ素晴らしいと思ってもそれを言葉で表現することはできなかっただろうが、それでも彼の絵画は好きだった。

フランクの母親、ジュヌヴィエーヴは列車から降りるときに転倒して大腿骨頸部《だいたいこっけいぶ》を骨折し、歩けなくなり、精神まで壊れてしまった。以来、一階の自然光の入る部屋で、ほとんどの時間を裸のまま横たわって過ごすようになった。服を着せようとすると恐ろしい力で体をばたつかせて抵抗するものだから、乳房も性器も人目にさらしたまま、広げたおむつのうえに寝かせるのがやっとだった。放置されたその体は見るもおぞましいものだった。

フランクは、最初は有能で給料の高い女性看護師を数人、雇っていた。しかし彼女たちは、わがままな母親に不平不満を述べ、次から次へと薬を与えて疲弊させた。息子はそんな彼女たちを冷酷で暴力的だと思った。母親には友達のような、乳母のような、うわごとに天を仰ぐこともため息をつくこともせず、ひたすら耳を傾けてくれるやさしい女性がついていてくれることを望んだ。ルイーズは、確かに年は若かったがその腕力には驚かされた。初日、ルイーズはジュヌヴィエーヴの横たわる部屋に入っていくと、たったひとりで彼女の重い体をこともなげに持ちあげたのだ。そして終始、話しかけながら体を洗った。ジュヌヴィエーヴは初めて叫び声ひとつ上げることなくされるままになっていた。

ルイーズはこの老女と一緒に寝た。体を洗い、夜中にうわごとを言い始めても黙って聞いていた。乳飲み子のように、ジュヌヴィエーヴは日暮れ時になると不安になった。弱まる日差し、暗闇、静寂は彼女を恐れさせた。四十年前に亡くなった母親に迎えに来てくれと懇願した。医療装置のついたベッドの横で寝ているルイーズがなだめようとすると、ジュヌヴィエーヴは彼女に向かって、娼婦、尻軽、捨てられっ子と言ってののしった。乱暴に叩こうとすることさえあった。

しばらくすると、ルイーズの眠りは日に日に深くなり、ジュヌヴィエーヴの叫び声にも目を覚まさなくなった。さらに時が経過すると、老女の体の向きを変えることも、車椅子に乗せることもできなくなった。腕は衰弱したように力が入らず、背中が恐ろしく痛くなった。ある午後、日がとっぷりと暮れてジュヌヴィエーヴが悲痛な祈りをもごもごと繰り返している間に、ルイーズは状況を説明するためにフランクのアトリエに上がっていった。画家は激怒した。ルイーズは予想していなかった。彼は乱暴に扉を閉め、灰色の目で彼女をにらみつけながら詰め寄った。一瞬、痛めつけられるのかもしれないとルイーズは身構えたが、画家は笑い始めた。

「ルイーズ、あなたのように独身で生活費を稼ぐのがやっとという女性は、ふつうなら子どもなど作りませんよ。私の気持ちを正直に言わせてもらえば、あなたはまったく無責任だ。まん丸な目をして、へらへらしながら、私にそんなことを告げにきた。一体、どうしてほしいと言うんですか？　お祝いにシャンパーニュでも開けろと？」彼は手をうしろに組み、未完成の絵画に囲まれた大きな部屋をうろうろと歩き回った。「いい知らせとでも思ってるんですか？　なんの分別もないんですね。ひとつ言っておきましょう。この状況を改善する手助けをしてあげようとしている私のような雇い主のところで働いているあなたはラッキーだ。一刻も早く追いだそうとする雇い主はたくさんいる。私はこの世で誰よりも大事な母親をあなたに任せている。それなのにあなたはそんなことお構いなしだ。良識というものがない。休みの時間に何をしているかなど、まったくどうでもいい。身持ちの悪さなど私には関係がない。しかし、人生はお祭りではないんですよ。赤ん坊をどうするつもりですか？」

実際は、フランクはルイーズが土曜の夜にしていることに無関心ではなかった。質問をし始め、それも次第に執拗《しつよう》になっていった。彼女に告白させようとして、体をつかんで揺すり、殴りつけたいとさえ思った。彼の目の届くところにいないとき、ジュヌヴィエーヴの枕元にいないとき、彼女が何をしているのか話させるために。彼は暴力こそふるわなかったが、赤ん坊は、どんな体位で性交しているときにできたのか、ルイーズが淫欲と笑いと快感に身をゆだねたのはどんなベッドだったのか、父親は誰なのか、どんな風貌の男なのか、どこで出会ったのか、将来はどうするつもりだったのか、質問攻めにした。しかしルイーズは一貫して、「誰でもありません」と答え続けた。

フランクは一手に責任を引き受けることにした。自ら医師のところに連れていき、堕胎手術の間も待っているとルイーズに言った。そして、すべてが終わったところで正式に契約書を交わし、ルイーズ名義の銀行口座に給料を振り込み、有給休暇を与えるとまで約束した。

堕胎手術の日、ルイーズは寝すごしてしまい、約束を反故《ほご》にしてしまった。こうしてステファニーはルイーズの若さを引き裂き、彼女の体をえぐりながら、不可欠な存在となっていった。ステファニーは湿った樹木にくっつくキノコのように芽を出したのだ。ルイーズはフランクの家には戻れなかった。ジュヌヴィエーヴとも二度と会うことはなかった。

マッセ家のアパルトマンに閉じこもっていると、時折、気がどうにかなりそうだった。数日前から赤い斑点が頬と手首に出ていた。火傷に覆われているような不快な熱をやわらげるために、ルイーズは時折、顔と手首を冷たい水にさらした。時間が止まってしまったように思える冬の午後、ルイーズは計り知れぬ孤独に胸を締めつけられた。パニックに襲われそうになるとアパルトマンの外に出て寒さと対峙し、子どもたちを近所のちいさな公園に連れていった。

冬の午後の公園。霧雨が枯れ葉を押し流し、冷たい砂利が子どもたちの膝に張りつく。ひっそりした小道のベンチには、世間から必要とされなくなった人たちの姿がある。彼らは窮屈なアパルトマンから、わびしい居間から、何もすることのない退屈な古い肘掛け椅子から逃げだしてくる。背中を丸め、腕を組み、寒空のもとでぶるぶると震えているほうがましなのだ。十六時、何もしない午後は永遠とも思えるほど長い。時間を無駄にしていることに気づき、目の前に迫った夜の支度を気にし始めるのは午後も半ばを過ぎた頃だ。この時間、なんの役にも立っていないことが恥ずかしくなる。

極寒の季節にここにたむろするのは、ホームレス、物乞い、失業者、老人、病人、放浪者、定職を持たない人たち。働かない人たち、何も生みださない人たち。お金を稼がない人たち。春になればもちろん、恋人たちが戻ってくる。不法滞在のカップルは菩提樹のしたに住処を見つけ、花々のベッドで寝て、旅行者は銅像にカメラを向ける。冬だけは別物なのだ。

ひんやりした滑り台の周りには多くのヌヌとその子どもたちの集団がいる。鼻水を垂らし、紫色になった指で、もこもこのダウンジャケットに身を包んでぎこちなく走る様子は、日本のこけしを思わせる。息を吐きだしては、その白さに目を丸くしてはしゃいでいる。ベビーカーに乗せられて動けない赤ん坊たちは、年上の子どもたちの動きを目で追っている。ストレスや苛立ちを覚えている赤ん坊も中にはいるかもしれない。一日も早く、木製のブランコに乗って体を温めたいと思っているに違いない。自分たちを見張っている女性たちの手を逃れたいという思いで心の中では地団駄を踏んでいるだろう。乱暴な手、しっかりとした手。疲れ切っている手、やさしい手。凍りつくような寒さの中でも、アフリカの黒人女性特有の長い服、ブーブーを着た女性たち。

母親たちもいる。うつろな目をした母親たち。出産したばかりで、世の中の端っこに追いやられ、ベンチに腰かけてぶよぶよした腹の重みを感じてながら。乳腺から分泌する苦い乳と血の匂いのする、痛みを伴う体を抱えている女性たち。ボディケアどころか休息も与えず、ただ引きずっている体。にこやかでキラキラと輝いている母親たちの姿を見ると、子どもたちの目にはあまりに珍しいものだから、ついついうらやましそうに見つめてしまう。母親たちは例外的に取れた休日の朝、さよならと言って他の女性の腕に託すことなく子どもを連れてここにやってきて、冬の平凡な一日に不思議な高揚感を抱いているのだ。

男性もいるにはいるが、女性たちがベンチや砂場で子どもたちを囲んで身を寄せ合い壁を作って防御しているために入りこむことができない。変に近寄ってくる男たち、女子どものことに関心を抱く男たちには要注意だ。子どもたちに微笑みかけ、ふっくらした頬やちいさな足を見つめる男たちは追い払う。祖母たちは嘆き悲しむように言う。「最近のペドときたらねえ。私の時代にはそんな男はいなかったわ」（ペド＝幼児や小児に対して性的衝動を抱く人）

ルイーズはミラから目を離さない。滑り台からブランコへと駆け回る少女。寒さを吹き飛ばさんばかりに一時も止まることなく走り続ける。濡れている手袋をピンク色のコートで拭う。アダムはベビーカーで寝ている。ルイーズはアダムを毛布でくるんで、ウールのセーターと帽子の間のうなじをやさしくなでている。金属的な光を放つ冬の日差しにルイーズは目を細めた。

「ひとつどう？」

若い女性がルイーズの隣にどかっと腰をおろし、ハチミツの菓子がくっつき合っているちいさな箱を差しだした。ルイーズは彼女を見た。二十五歳にもなっていないその女性は品のない笑みを見せた。長い黒髪は汚れていて梳かしてもいないが、身だしなみしだいではきれいになるだろうと思わせる顔立ちだ。いずれにしても魅力的だ。お腹は少し出て太腿もしっかりしているが、丸みを帯びたセクシーな体をしている。口を開けて菓子をほおばり、ハチミツのついた指を乱暴にしゃぶった。

「ありがとう」ルイーズは結構ですと言うかわりに手を軽く挙げた。

「あたしの故郷では見知らぬ人にも食べ物をあげるのよ。ひとりで食べてる人を見るのはここだけね」四歳くらいの男の子が近づいてくると、彼女は彼の口にお菓子を突っこんだ。男の子は笑った。

「美味しいでしょ」彼女は言った。「内緒だよ、お母さんには絶対に言っちゃダメだよ」

男の子の名前はアルフォンス。ミラはその子と遊ぶのが好きだ。ルイーズは毎日のようにこの公園にやってくるが、ワファが勧めてくるぎとぎとしたお菓子に手をつけることはない。ミラにももらってはいけませんと言い聞かせているが、それでワファが気分を害することもない。ワファは大のおしゃべり好きで、ベンチでルイーズにお尻をくっつけて自分の人生を話して聞かせる。とりわけ、関係のあった男たちについて。

ワファは繊細とはいえないが、抜け目のない機敏なネコ科の大きな動物を思わせた。滞在許可証はまだ取得していないが、それほど心配しているふうでもない。

ワファは、ある老人のおかげでフランスに来ることができた。カサブランカのいかがわしいホテルの一室でマッサージをしていた相手だ。この老人はワファのやさしい手に夢中になった。そして、唇に、尻に、ついには、本能と母親からのアドバイスもあってワファが捧げてきた体のすべてに執着した。老人は彼女を連れてパリに来て、国から援助を受けながら、みじめなアパルトマンに暮らしていた。「あの男はあたしが妊娠して、彼の子どもたちからあたしのことを追いだすよう詰め寄られるのを怖がった。でも、あのじいさんは、あたしにずっといてほしかったのよ」

ルイーズが黙って聞いていると、ワファはまるで司教か刑事でも相手にしているように告白し始めた。どこにも書き留められることのない人生の詳細を話して聞かせた。老人の家を出ると、ある女性に引き取られた。その女性はワファの名前を、若いイスラム信者女性のための出会い系サイトに登録した。ある晩、見知らぬ男性から連絡が来て、郊外のマクドナルドで会った。その男はワファをきれいな女性だと思い、くどこうとした。強姦しようとさえしたが、ワファが彼の高ぶりを鎮めることに成功すると、ふたりはお金のことを話し始めた。ユッセフという名のその男は二万ユーロと引き換えに彼女と結婚しようと申しでた。「フランスの滞在許可証が取れるなら高くないだろ」と彼は言った。

ワファはフランス人とアメリカ人のカップルの家庭で仕事を見つけられたことを幸運だと思っている。要求の多い夫婦ではあるけれど、待遇は悪くない。夫婦の住まいから百メートルのところにちいさな部屋も借りてくれた。「家賃も払ってくれるけど、その代わりに絶対にノーとは言えないのよ」

「この子、大好き」ワファはそう言って男の子をじっと見つめた。ルイーズとワファは黙った。公園に冷たい風が吹いていた。そろそろ重い腰をあげる時間だとふたりともわかっている。「かわいそうに。見てよ、この子。歩くのがやっとって感じでしょ、それほどたくさん着せてきたの。風邪でも引かせようものなら、母親に殺されるからさ」

時々、ワファは怖くなる。こうした公園のどこかで老いていくことが。凍りついた古いベンチで膝ががくがくし、子どもを抱きあげる力さえなくなってしまう日が来ることが。アルフォンスは日々、大きくなっていく。もっと成長すれば、冬の午後、こうして公園に遊びにくることもなくなるだろう。それよりも、太陽がさんさんと降り注ぐ土地へ出かけていくだろう。長いバカンスを取るだろう。ひょっとしたら、自分が男たちのマッサージをしている高級ホテルに泊まりにくるかもしれない。ワファ自身が、あるいは妹やいとこの誰かが、イエローとブルーのタイルを敷き詰めた素敵なテラスで、アルフォンスに仕えることになるかもしれない。

「ね、わかるでしょ、彼の子ども時代とあたしの老いはすべて逆さまになるの、逆転していくのよ。あたしの若さと彼の男としての人生。運命はヘビのように悪循環、いつもあたしたちを悪いほうへ悪いほうへと押しやるようにできているのよ」

雨が降り始めた。帰る時間だ。

ポールとミリアムにとっては、冬も猛スピードで過ぎていった。ここ数週間、夫婦はほとんど顔を合わせていない。どちらかが寝ているベッドにどちらかが潜りこみ、シーツのしたで足を絡め、首にキスをし、眠りを妨害する動物のような相手のいびきに、くすっと微笑む。日中は電話をかけ、メッセージを残す。ミリアムは「愛している」と付箋に書いて、バスルームの鏡に貼って出かけていく。ポールは真夜中にリハーサルの様子をビデオに撮って妻に送る。

ふたりの生活は、遂行すべき任務と逃してはならないアポイントメントで埋まっていた。ミリアムもポールも忙殺されていた。ふたりは好んで、この疲労困憊の日々は成功の前兆だねと繰り返した。時間に追われる彼らの日常にはわずかな睡眠時間しかなく、仕事以外の何かをじっくり考える余裕はなかった。次から次へと約束の場へ走り、タクシーの中で靴を履きかえて、彼らのキャリアにとって重要と思われる人物たちと杯を重ねる。ふたりはそれぞれ、明確な目標を持ち、収支のはっきりした企業の重要なひとりになりつつあった。

紙ナプキン、付箋、本の最後のページと、家の中のあらゆるところにミリアムのリストが転がっていた。そしてミリアムはそのリストを常に探しまわっていた。リストを捨ててしまうと、やるべきことの流れを見失ってしまうことになるのではないかと恐れていたのだ。よってずいぶん前のリストまで取っておき、時折、なんのためのメモだったかわからぬまま懐かしそうに読み返したりした。

薬屋
ミラにナイル川のお話をする
ギリシャの予約
Mに電話
すべてのメモを読み返す
あのショーウィンドーをもう一度見にいく。あの服、買う?
モーパッサンを読み直す
彼にサプライズをする

ポールは幸せだった。自分の人生が初めて、欲望、激しいエネルギー、生きる喜びとともに、望んでいたレベルに到達できたと感じていた。大自然の中で育った彼だけに、ようやくのびのびと自分の力を発揮できるのが嬉しいのだ。この数ヶ月で彼のキャリアは本当の意味で転機を迎えていた。思い描いていたことを実現させていた。言いたいことも言えず、ヒステリックなプロデューサーや子どもじみた歌手たちに翻弄され、人のことだけを考えて過ごすような日々は終わった。六時間もの遅刻さえ連絡してこないグループを待つ日々はもう過去のこと。返り咲きを期待しているひとと昔前のポピュラー歌手の録音も、音符をつなぐ前に何リットルものアルコールや、何十回もの休憩が必要なアーティストとのつきあいもおしまいだ。

音楽を心から愛しているポールは、新しいアイデアを探し、バカ笑いをしながら朝方までスタジオで過ごした。ポールは何ひとつ成りゆき任せにはできず、何時間でもかけてスネアドラムの音を調整し、ギターのアレンジを修整した。ミリアムが親の不在を心配するたび、「ルイーズがいるから」と言うのが彼の口癖のようになっていた。

ミリアムが初めて妊娠したとき、ポールは大喜びだった。それでも一方で、友人たちの前では子どもが生まれるからといって自分の人生を変えるつもりはないと明言していた。ミリアムは心の中で彼の言うとおりだと思いながら、スポーツマンで、ハンサムで、自立心に富んで、賞賛の言葉をいつまでも並べていたい理想的な夫を見つめていた。夫は妻に、ふたりの人生が輝き続けるように、ふたりのためのサプライズを取っておけるように心がけると約束した。「結婚してもたくさん旅行をしよう。子どもができても、子どもを腕に抱いて旅に出よう。きみは偉大な弁護士になる、ぼくは人気アーティストを生みだす、今のままだ」ふたりは何も変わらないふりをして、闘ってきた。

ミラが生まれてからの数ヶ月は、哀れみを誘うコメディのような生活だった。ミリアムは目のしたの隈と憂鬱な気持ちを隠そうとつとめた。常に睡魔に襲われている事実を認めるのが怖かった。あの頃、ポールはミリアムに向かって、「何を考えているの？」と訊くようになり、ミリアムはそのたびに泣きたくなった。友人たちが遊びにくると、ミリアムは彼らを追いだし、テーブルをひっくり返し、寝室に鍵を掛けてひとりで閉じこもってしまいたい気持ちを抑えるのに苦労した。テーブルについた彼らは楽しそうに笑いながらグラスを掲げ、ポールはワインを注いで回った。議論が白熱してくると、ミリアムは娘が目を覚ますのではないかと心配になった。疲れ切ったミリアムが突然、叫びだすことがあってもおかしくなかった。

アダムが生まれると状況はさらに悪化した。産婦人科医院から退院してきた夜、透明の揺りかごを横に置いて、ミリアムは寝室でぐっすりと眠っていた。ポールはなかなか寝つけなかった。奇妙な臭いが充満しているように感じたのだ。ミラを連れて週末によく通っていた、セーヌ河岸のペットショップと同じ臭い。分泌物のむっとする臭い。家畜小屋の藁《わら》についた尿が乾いたような臭い。吐き気を催したポールは起きだして窓を開け、中庭にゴミを捨てに降りたが、アパルトマンの中の臭いは変わらなかった。そのあとトイレの扉を開けると、ミラが汚物を散乱させていたことに気づいた。

あの頃、ポールは義務という観念に押しつぶされ、罠にでも掛かったように感じていた。いつでも自然体でいられる人柄、屈託のない笑顔、未来に向けての自信は誰もが賞賛するところだったが、そんなポールがすっかり意気消沈していた。自分では気づかなくても、通りすぎざま女の子たちを振り向かせていた長身でブロンドのハンサムなポールが、奇抜なアイデアを思いつくこともなくなり、山小屋での週末も、浜辺に牡蠣を食べにいくためのドライブも提案しなくなった。燃え盛る感情の炎の勢いが弱まってしまったのだ。アダムが生まれてからの数ヶ月、ポールは家を避けていた。仕事の約束があると偽って、わざわざ自宅から離れた地区まで行って隠れるようにしてひとりでビールを飲んでいた。彼の仲間も次々と親になっていったが、パリを離れて郊外や田舎、ヨーロッパの南の温暖な環境を求めて移住していった。ポールは子どもじみて、無責任で、ばかげた態度を取っていた。逃げだしたいという、人には言えない欲望を抱えていた。とはいえ自分を甘やかしているわけではなかった。自分の態度がいかにくだらないものであるかも自覚していた。彼が望んでいたのは、とにかく、家に帰らないこと、自由でいたい、人生を謳歌していたいということ。まだほんの短い間しか人生を味わっていない。それなのにもう人生を楽しむ時期は過ぎ去ってしまったと感じていた。父親らしい生活は、大いなる喜びであると同時に、あまりに悲しいことにも思えたのだ。

しかし、今となっては既成の事実だ。今更欲しくなかったなどとは言えない。現に愛され、かわいがられている子どもたちが目の前にいる。考え直すことなど決してできない。それでも猜疑心に似た何か、すっきりしない何かがあちこちに忍びこんでいた。子どもたちの匂い、しぐさ、父親である自分に対する欲求、こうしたことすべてに、言葉では言い表せないほど動揺していた。時折、自分も子どもになってしまいたいと思った。ちいさくなって、ふたりの子どもに交じってしまいたいと。何かが失われた。単なる若さや無頓着さではない。自分はもはや無用な人間ではない。誰かに必要とされる人間となり、その責任とともに生きていかなければならなくなったのだ。父親となって、それまでは決して欲しくないと思っていた、節操や確信というものが勝手についてきた。寛容さはほどほどのものになった。沸騰するような情熱は、ぬるま湯のようになった。世界は縮まった。

今はルイーズがいる。ポールはまた妻を誘いだすようになった。ある日の午後、メッセージを送った。「プティ・ペール広場で」返事はなかったが、その沈黙が素敵だと思った。礼儀と愛に満ちた静寂。時間より少し早く約束の場所に着いたポールは、妻は来るだろうかと少し不安で、心が震えていた。「彼女は来る、きっと来る」と心に言い聞かせているとミリアムはやってきた。そして以前よくそうしていたように、セーヌの河岸をふたりで散歩した。

　ポールは今の自分たちにとってどれほどルイーズが必要か、それはよくわかっているつもりだったが、彼女の存在を耐えがたく感じるようにもなっていた。人形のような風貌、ひっぱたいてやりたくなるような顔にイライラさせられた。「あまりに完璧で、あまりに思いやりがありすぎて、時々、嫌悪のようなものを感じるんだ」ある日、ポールはミリアムに正直に打ち明けた。ルイーズの少女のような体型も、子どもたちのすることとなすことを詳細に分析するやり方も嫌いだった。しつけに関する悲観的とも思える理論、時代遅れの流儀も軽蔑したくなった。一日に十回も彼らの携帯に送ってくる子どもたちの写真も、ポールはもはや見ようともしなくなった。「全部、食べたよ」というコメントをつけて、子どもたちが笑顔で空になったお皿を持ちあげている写真だ。

　化粧の一件以来、ポールはルイーズとできるだけ口をきかないようにしている。あの晩、彼はルイーズを即刻クビにしたいと思い、妻に相談しようと電話をした。ミリアムはオフィスにいて話をしている時間がなかった。仕方なくポールは妻の帰宅を待ち、十一時になって妻の姿を見るが早いか、午後、目にしたすべてのことを話して聞かせた。ルイーズがどんな表情でポールの顔を見ていたか、凍りついたように黙りこみ、尊大な態度でいたことについても。

ミリアムは夫の怒りをなだめ、深刻に考えようとはしなかった。それどころか、ルイーズに対してきつく当たり、不愉快な態度を取った夫を非難した。またか、とポールは思った。ミリアムとルイーズはいつも徒党を組んで彼に対抗しているのだ。二匹のクマみたいに。ことさら子どもの話になると、ふたりは傲慢になり、それがポールを苛立たせた。女同士でグルになって、ポールのことを子ども扱いするのだ。

ポールの母親のシルヴィは、若い夫婦のことをからかった。「あなたたち、ヌヌの偉大なパトロンを気取ってるんじゃない？　ちょっと度を超しているんじゃない？」ポールは気を悪くした。両親は金や権力に対する嫌悪を隠さず、目下の者への、やや不自然ともいえる敬意の大切さを教えながら子どもを育てた。親元を離れても、ポールは気楽なムードの中、上下関係のない人たちと一緒に仕事をしてきた。ボスに対しても、親しい言葉遣いで話した。彼自身も部下に対して命令を下すようなことは一度もなかった。しかし、彼のことをパトロン扱いするルイーズに対しては違った。妻に対しても、恥ずべきアドバイスをすることもある。「あまり妥協しすぎるなよ。でないと、ルイーズの要求はますます大きくなるから」ポールは片方の腕を伸ばし、もう片方の手で手首から肩に向かってぽんぽんと叩きながら、つけ込まれるぞ、というしぐさをしてみせた。

お湯につかりながら、ミリアムはアダムと遊んでいる。息子の体を両腿ではさみ、抱きしめて、体をばたつかせて泣きだすまであやしている。ぽっちゃりした体、天使のように完璧な体をキスで埋めつくしていたい。息子を眺めながら、ミリアムは母性愛に突き動かされるのを感じていた。もうしばらくしたら、裸でこんなふうに抱きしめるなんてできなくなるだろう。そもそも、すべきことではなくなっていく。そして、思った以上に早いスピードで自分は年を取り、無邪気に笑ってかわいがられているこの子はおとなになっていくのだ。

先ほど服を脱がせるとき、肩に近い腕と背中に不思議な傷跡がふたつあるのを見つけた。赤い傷跡はほとんど消えかけてはいるが、どう見ても歯の跡に似ている。ミリアムは傷跡にやさしくキスをした。そして再び息子を抱きよせ、ごめんねと言って、自分のいない間に痛い思いをさせたことを謝った。

翌朝、ミリアムはルイーズにこの傷について尋ねた。ヌヌはアパルトマンに入ってきたところだったが、コートを脱ぐ間も与えず、ミリアムはアダムの腕を見せた。ルイーズに驚いた様子はなかった。

眉をひそめ、コートを掛けてから口を開いた。「ポールはミラを送っていきましたか？」

「今、出たところよ。ねえ、ルイーズ、これ、嚙んだ跡じゃないですか？」

「ええ、知ってますよ。傷跡に少し軟膏を塗っておきました。ミラが嚙んだんです」

「ミラが？　確かなの？　あなたも一緒にいたの？　嚙むところを見ていたの？」

「もちろんおりました。私が晩ご飯の支度をしている間、ふたりは居間で遊んでいました。泣き声が聞こえてきたので行ってみると、かわいそうにアダムがしゃくりあげていましたが、最初はどうして泣いているのかわかりませんでした。ミラはアダムの服のうえから嚙んでいたのです。だからすぐには気づかなかったんです」

「どうも釈然としないわ」ミリアムはアダムのすべすべした頭にキスをしながら繰り返した。「ミラには何度も訊いてみたのよ、あなたが嚙んだのかって。怒らないからって。でもミラは、どうしてこんな嚙み跡がついたのか知らないって誓ったわ」

ルイーズはため息をつき、うつむいた。躊躇《ちゅうちょ》しているようだった。

「何も言わないって約束したんです。子どもとの約束を破るようなことは本当はしたくないんですが」

ルイーズは黒いジャケットを脱ぎ、シャツ型のワンピースのボタンを外し、肩を見せた。身をかがめてみたミリアムは、驚きと不快感を隠せぬまま、ルイーズの肩を覆っている茶色い傷跡に見入った。古い傷跡ではあるけれど、皮膚に突き立てられ、切り裂かれたちいさな歯の跡ははっきり見てとれた。

「ミラが、あの子がこんなことをしたって言うの？」

「よく聞いてください、私はミラに何も言わないと約束したんです。お願いですから、ミラにはこのことは話さないでください。私たちの信頼関係が断ち切られてしまうとミラは余計に不安定になります。そう思いませんか？」

「そうかしら……」

「ミラは弟にやきもちを焼いているんです。当たり前のことです。私に任せてください、いいですね？　必ずうまくいきますから」

「ええ、そうだといいわね。でも本当に納得がいかないわ」

「すべてを理解しようなんて思わないほうがいいです。子どもたちは、おとなと同じです。何ひとつ合点がいくことなんてないんです」

ポールの両親の山の家で一週間過ごす、と告げたときのルイーズの沈んだ顔といったら！　ミリアムは思いだすと身震いする。ルイーズの目は怒りにあふれていた。この夜、ルイーズは子どもたちにさよならも言わずにアパルトマンを出ていった。幽霊のように、ぞっとするほどひっそりと。扉の閉まる音がすると、ミラとアダムは言った。「ママ、ルイーズが消えちゃった」

数日後、出発の時間が近づくと、シルヴィが迎えにやってきた。ミリアムの義理の母の予告なしの出現に、ルイーズは心の準備ができていなかった。明るく気まぐれな祖母は、叫び声を上げながらアパルトマンに入ってくると床にバッグを投げだし、さあ、お休みの間、たくさん遊ぼうね、ゲームをしようね、たっぷり食べようねと、孫たちと一緒にベッドのうえで転げ回りながら、楽しい一週間の約束をした。ミリアムが義母のおどける様子を見て笑いながらふと振り返ると、ルイーズがキッチンに立ち、義母と子どもたちを見つめていた。顔面蒼白で、目の周りの隈がますます落ちくぼんで見えた。何かぶつぶつ言うのが聞こえた気がしてミリアムは近づいたが、ルイーズはスーツケースを閉めるためにすでにかがみ込んでいた。あとになってミリアムは、気のせいだったのだと思った。

ミリアムはそんなに気をもむ必要はないと自分に言い聞かせようとした。罪の意識を抱くようなことは何もないし、ヌヌに対する義理もない。それでも、自分でも説明がつかないのだが、ルイーズから子どもたちを奪ってしまうような、何かを拒絶するような、彼女を罰しているような気がするのだった。

直前になって告げられたルイーズは休暇の予定を立てることもできず、それで気を悪くしたのだろうか。それとも、自分が敵意を抱いているシルヴィと子どもたちが一緒に過ごすと思うと、単純に気分が悪いのかもしれない。ふだんから、ミリアムが義母の不満を言うと、ルイーズは一緒になって怒りだす。過剰と思えるほど熱烈にミリアムの肩を持ち、シルヴィのことを、頭がどうかしている、ヒステリーだ、子どもたちに悪影響を与えると言って責め立てる。ルイーズは自分の雇い主を、義母の言いなりにならないように、かわいそうな子どもたちを義母から遠ざけるようそそのかす。こんなとき、ミリアムはルイーズに支えられていると感じると同時に、ほんの少し居心地の悪さも覚えるのだった。

車に乗りこもうとしたとき、ポールは左腕にしていた時計を外した。

「バッグの中に入れておいてくれない？」と言ってミリアムに渡した。

有名な歌手と契約したおかげで、二ヶ月前に手に入れたものだった。友達が割安の金額で見つけてきてくれた中古のロレックスだ。ポールは決める前にずいぶん迷った。欲しくてたまらない時計だったし、完璧なものに思えたけれど、ほんの少し、この物神崇拝、つまらない物欲を恥ずかしく感じていたのだ。初めて身に着けたとき、その時計は見事であると同時に巨大で重々しく、見せびらかしているように思えた。時計を隠すために、何度もシャツの袖口を引っぱった。しかし、そんなことも束の間、すぐに左手の重みに慣れた。それまで持ったこともなかった唯一の高級品であるこの時計は、見た目はどちらかというと地味だった。時計を自分へのご褒美とすることくらい当然。誰から盗んだわけでもない。

「どうして外すの？」夫がどれだけ大事にしているか知っているミリアムが訊いた。

「調子悪いの？」

「いや、最高に調子いいよ。でも、母さんがさ、わかるだろう。多分、母さんには理解できないよ。今夜、この時計のせいで言い合いになるなんてまっぴらだからね」

彼らは日が暮れかかる頃に到着した。家の中は震えあがるような寒さで、部屋の半分がまだ工事中だった。キッチンの天井は今にも落ちてきそうで、バスルームの電線は裸のままだった。ミリアムはこの家が大嫌いだ。子どもたちのことが心配でならない。怯えた目をして子どもたちを家の隅々まで追いかけ、転んでしまう前に捕まえようと常に両手を前に突きだしていなければならない。「ミラ、もう一枚セーターを着なさい」「アダムの息づかいがおかしい、そう思わない？」

ある朝、ミリアムは体をガタガタ震わせながら目覚め、アダムの凍える手に息を吹きかけた。ミラの青白い顔が気になって、家の中でも帽子をかぶっているように言った。シルヴィはそんなミリアムを黙って見ていたが、心の中では、これはダメあれもダメと言われて縮こまっている子どもたちに、もっとのびのびと自由に活発になってほしい、と思いついたことをそのまま実行に移せるような子どもらしさを失わずにいてほしいと望んでいた。シルヴィは何ひとつとして規則を押しつけることはない。親がよくすることだが、日頃の不在の穴埋めをするためのとってつけたようなプレゼントもしない。言葉遣いにも気をつけないものだから、しょっちゅうポールとミリアムから注意される。ミリアムをぷりぷり怒らせるために、シルヴィはわざと子どもたちのことを、「巣から落っこちた小鳥ちゃん」と呼ぶ。人々の無礼と汚れた空気が蔓延する都会での暮らしを嘆くのも好きだ。卑屈でありながら高慢、臆病者でもある子どもたちの視野をもっと広げてあげたいと望んでいるのだ。

シルヴィはそれでも我慢していた。できるだけ子どもたちのしつけについて口出ししないように自重している。数ケ月前、ふたりは女同士の激しい言い争いを繰り広げた。時間が経っても忘れられない類《たぐい》の口論。顔を合わせるたびに、それぞれの頭の中で、それぞれの口から飛びだした言葉が鳴り響くような喧嘩。その晩はみんなよく飲んでいた。飲みすぎた。感傷的になっていたミリアムは、自分の話を思いやりある心で聞いてもらいたいと望んでいた。子どもたちになかなか会えないこと、誰ひとり大目に見てくれることのない常軌を逸したとも言える仕事の環境。しかし、義母は義理の娘を慰めることはしなかった。ミリアムの手や肩にそっと手を置くこともしなかった。それどころか、真っ正面から義理の娘に闘いを挑んできたのだ。彼女の武器は、まるで時機が訪れるのを今か今かと待ち構えていたように研ぎすまされていた。シルヴィは、ミリアムは仕事に費やす時間が長すぎると批判した。ポールが幼い間も仕事を続け、自立していたことを常々自慢しているシルヴィが、自分のことは棚に上げて、義理の娘を無責任だ、エゴイストだとののしった。アダムの具合が悪く、ポールがアルバムの収録の終盤を迎えた大事な時期にもかかわらず、ミリアムが何度、出張で家を留守にしたか、指を折って数えてみせた。ミラもアダムもわがままで気まぐれで手に負えない子どもになってしまったのは母親のせいだと批判した。母親と、いんちきくさいヌヌ、ミリアムが自己満足とだらしなさのために任せきりにしているまがいものの母親、ルイーズのせいだと。ミリアムはこらえきれずに泣きだした。ポールが呆然として何も言えずにいると、シルヴィは言った。「今頃、泣いてもねえ。見て、泣いてる。真実に耳を傾けることができない彼女を気の毒に思わなくちゃね」

ミリアムはシルヴィの顔を見るたび、この日の記憶で胸が押しつぶされそうになる。この日、ミリアムは義母に乱暴に襲いかかられ、床に叩きつけられ、殴打を浴びせられたような気がしていた。夫の前で、内臓をさらして横たわっているような気持ちだった。この誹謗中傷に抵抗するエネルギーはなかった。義母の言うことの一部は真実だとわかっていたし、他の多くの女性たちと同様に、これが自分の運命なのだと考えていた。それにしても、義理の母は義理の娘に対して、寛大な気持ちや思いやりは微塵《みじん》も見せなかった。ひとりの母親から母親へ、ひとりの妻から妻へのアドバイスは、ひと言たりともなかった。

朝食の間、ミリアムは携帯に目を釘付けにしていた。何度もメールをチェックしようと試みたがネットワーク環境が悪いためになかなかつながらず、壁に投げつけてしまいたくなるほどじりじりしていた。しまいにはヒステリックな調子で、パリに帰る、とまでポールに言い放った。シルヴィは明らかに苛立った様子で眉をつり上げた。息子の嫁にはもっと穏やかで、スポーツが好きで、遊び心のある人を望んでいた。自然や散歩や山が好きで、こうした田舎の一軒家の暮らしを好み、不便だ不快だと文句を言わない女性を。

シルヴィは、昔はよく自分の青春時代や過去の仕事、革新的な仲間についてくどくどと同じ話を繰り返していたが、年を重ねるとともに自制することが身に付いた。結局は、液晶画面から教えられ、スーパーに並んでいる肉ばかり食べて育つ極めつきの愚か者たちの無節操な世の中に対する彼女の曖昧な理論は、誰からも相手にされないことに気づいたのだ。シルヴィが若かった頃、同年代の人たちは世界を変えていくことだけを夢見ていた。「我々の世代は世間知らずのところがあったな」妻が悲観しているのをみるのが辛い夫のドミニクが先回りして言うと、妻は「確かにうぶなところがあったかもしれないけど、今の人たちほど愚かじゃなかったわ」と答えた。シルヴィは、夫には自分が育《はぐく》んでいきたい理想は理解できない、みんなもどうせ笑い者にするだけだとわかっているのだ。それでも夫は妻の失望や不安にやさしく耳を傾ける。息子についても、「あなたもよく覚えているでしょ？　どこまでも自由な子だったわ」それなのに今では妻の支配下に置かれ、金欲と自己顕示欲の奴隷になりさがってしまったと嘆いた。長いこと、シルヴィは男女両方による革命が起こり、生きていることを実感し、日々の生活を楽しむ時間のある世の中が生まれると信じていた。祖母としては孫たちには、現在とはまったく違う世の中で育ってほしいと望んでいた。「シルヴィ、きみはナイーブだね」とドミニクは言った。「女性たちだって、みんなと同じように資本主義者だよ」

ミリアムは携帯をぽんぽん叩きながら、キッチンをうろうろしている。ドミニクは張りつめた空気をやわらげようとして、散歩に行かないかとみんなを誘った。義理の父親のそのひと言で気持ちのほぐれたミリアムは、子どもたちにセーターを三枚重ね着させ、襟巻きと手袋をはめさせた。いったん外に出て、足が雪に埋まると、子どもたちは大喜びで走りだした。シルヴィは、ポールと弟のパトリックが子どもの頃に使っていたソリを引っぱりだしてきて、孫たちにこれで遊びなさいと言った。ミリアムは心配すまいと自分に言い聞かせながら、息を止めて、ソリに乗って子どもたちが坂を滑り降りていくのを見ていた。

「首でも折ったらどうしよう」ミリアムは心の中でつぶやき、そう考えただけで泣きそうになるのだった。「ルイーズ、彼女なら私の気持ちをわかってくれる」と繰り返しながら。

ポールは興奮して、ミラに「がんばれ！」と声援を送り、ミラは、「パパ、見て、私もソリに乗って滑れる！　すごいでしょ！」と自慢げに手を大きく振ってみせた。昼食は、暖炉の火がぱちぱちと燃える、素敵なオーベルジュでとった。暖炉からは離れた、子どもたちの頬をピンク色に染める太陽の日差しが差しこむガラス窓の近くの席で、ミラはよくしゃべり、おとなたちは少女のおどける様子に声を立てて笑った。アダムはこれまでになくお腹を空かせてもりもりと食べた。

その晩、ミリアムとポールはふたりそろって子どもたちを寝かしつけにいった。体はへとへとだけれど、新しいことを覚えた喜びで心を満たされているミラとアダムはおとなしかった。ふたりは子どもたちのそばからなかなか離れようとしなかった。ポールは床に座り、ミリアムはミラのベッドの端に腰かけ、子どもたちの毛布をそっと掛け直し、髪をなでてやった。ミラが生まれたときに覚えて、よくふたりで歌ってあげていた子守唄を久しぶりに歌った。子どもたちがまぶたを閉じたあとも、夫婦はふたりの夢の伴奏をしたくて歌い続けた。いつまでもふたりから離れることのないように。

ポールは妻にあえて言おうとはしなかったが、この晩、心が安らぐのを感じていた。この家に着いた瞬間に、胸につかえていた重りから解放された気がしていたのだ。寒さにかじかんだ体でうとうとしながら、パリに戻る日のことを考えた。腐りかけた水草が表面を覆う水槽、うなり声を上げながら堂々巡りをする野獣、酸欠を起こしそうなほら穴と化したアパルトマンが頭に浮かんだ。

しかし、いったんパリに戻ると、こんなおどろおどろしい考えはすぐさま頭から消え去った。居間にはダリアの花が飾られ、夕食が準備され、新しく替えられたシーツは洗剤の心地よい香りがした。一週間、冷たいシーツで寝て、キッチンのテーブルで不規則な食事をしていた分、余計に家庭の快適さが身にしみた。ルイーズなしの暮らしは無理だ、と思う。ミリアムもポールも、まるで甘やかされた子どもか飼い猫のようになってしまったのだ。

ポールとミリアムが出発した数時間後、ルイーズはいったん帰途についたが引き返し、オトヴィル通りを進んでいた。マッセ家のアパルトマンに入り、ミリアムが閉めていった鎧戸を開けた。みんなのシーツを取り替え、棚の中のものをすべて出してきれいに拭いた。ミリアムが処分したくないと頑張っている北アフリカの古い敷物をばたばたさせてほこりを払い、掃除機をかけた。

やるべきことを終えるとルイーズはソファーに腰かけ、うとうとし始めた。一週間、外に出ず、テレビをつけたまま一日中、居間で過ごそうと思っている。ポールとミリアムのベッドでは決して寝ない。ソファーがあればいい。一銭も出費しないように、冷蔵庫の中に残っているものを食べて、ワインカーヴに貯蔵してあるワインに手をつける。ミリアムは気づかないはずだ。

料理番組からニュース、ゲーム、バラエティへとテレビの画面に次々と映像が流れ、トークショーはルイーズを笑わせる。「犯罪調書」という名のドキュメンタリーには眠気を覚えるが、山間のちいさな村の一軒家で暮らしていた男が死体で発見された事件を取材した番組は最後まで観た。その家の鎧戸は数ヶ月前から閉じられたままで郵便受けはあふれ出していたというのに、誰ひとりとしてこの家の住人の安否を気にかけなかった。やっとのことで消防隊がこの家の扉を押し開け、死体を発見したのは、この地域に自然災害による緊急避難命令が出たときだった。男性の死体は、閉ざされた部屋のひんやりとした空気のせいでミイラ化していた。死亡日時については、冷蔵庫の中に入っていたヨーグルトの賞味期限からしか推し量ることができないが、その日付けは数ヶ月前にさかのぼると、ナレーションが何度も繰り返していた。

ある午後、ルイーズはハッとして飛び起きた。あまりに重苦しい夢のせいで途方に暮れ、悲しく、息苦しさを感じていた。暗黒の深い眠りの中、自分が死んでいる夢を見たのだ。冷たい汗をかき、疲れ果てていた。ルイーズは体をよじって立ちあがり、顔をぱんぱんと叩いた。頭が痛くて目が開けられない。心臓が激しく鼓動し、その音が聞こえてくるようだ。靴を探した。床を這いながら、怒りで涙がこぼれた。遅刻だ。子どもたちが待っているだろう。幼稚園から連絡が来るだろう。担任はミリアムに電話をして迎えが来ないと知らせるだろう。どうしたらこんなに寝こんでしまえたのだろう。どうしたらこんなに不用意でいられたのだろう。行かなければ、走らなければ、でも、今度は鍵が見つからない。隅々まで探しまわったすえに、暖炉のうえに置いてあったことに気づいた。アパルトマンのオートロックの扉が閉まると同時に、すでにルイーズはエレベーターに乗っていた。外に出るとみんなに見られている気がして、気の触れた女のように息を切らして通りを駆けていった。脇腹が猛烈に痛んだが、手を添えたまま速度は落とさなかった。

いつもなら幼稚園までの道すがら出会う人たちが誰もいなかった。けばけばしい色のセーターを着て、「お腹が空いた」と書いた段ボール紙を手にした女も、刑務所から出てきたのだろうとルイーズが勘ぐっている歯の欠けた若者も、子どもたちの名前を知っている大柄のアフリカ人女性も、誰もいない。幼稚園の前にも人っ子ひとりいない。ルイーズは、バカみたいに、たったひとりだ。不快な酸味を舌に感じてもどしたくなった。子どもたちはここにはいない。ルイーズはうつむき、涙を流しながら歩いた。彼女はひとりぼっちなのだ、それを忘れていた。パニックに陥り、手でおでこを強く叩いた。

ワファは「ちょっとおしゃべりしたかっただけ」と言って、一日に何度も電話をかけてきた。悪夢を見た翌日の夕刻、ワファはこれからそっちに行くと提案してきた。彼女の雇い主の家族もバカンスに出かけており、初めて自由に過ごせる時間ができたのだ。ルイーズは、ワファは自分のことをどう思っているのだろうと考えた。こんなに一生懸命になって自分と一緒にいようとする彼女の気持ちを理解できない。しかし、前日の悪夢に怯えていたルイーズは、彼女の提案を受け入れた。

ふたりはマッセ家の建物のしたで待ち合わせた。エントランスホールに入ると、ワファはプラスチックのカゴに詰めてきたサプライズのあれこれについて大きな声を出して話し始めた。ルイーズは口に指を当てて静かにするように言った。人に声を聞かれるのを恐れているのだ。ふたりは口を閉ざしたままそっと階段をのぼり、アパルトマンの扉を開いた。目に飛びこんできた居間がひどく寂しく思えて、ルイーズは思わず手のひらで目を押さえつけた。来た道を引き返し、ワファを追い返し、彼女を安心させてくれるテレビの前に座り、画面に流れる映像を観ていたいと思った。しかしワファはすでにキッチンの作業台にプラスチックのカゴを置き、スパイスの入った袋や鶏肉、いつも公園に持ってくるハチミツのお菓子の入ったガラスの箱を取りだしている。「今夜はあたしがあんたのために料理してあげるからね」

ルイーズは生まれて初めて、ソファーに腰かけて誰かが自分のために料理をこしらえてくれるのを見ていた。幼い頃でさえ、こんなことをしてもらった覚えはない。誰かが自分のために、自分を喜ばせるためだけに料理をしている姿など、記憶にない。子どもの頃、ルイーズは他の人が残したものを食べていた。朝はぬるいスープを与えられていた。何日も温め直し、最後の一滴まで飲み干すスープ。皿のへりについて固まっている脂、酸っぱい味のするトマト、すでにしゃぶられた骨まで、全部、食べさせられた。

ワファは冷たいリンゴジュースを注ぎ足したウオッカをふたりのために用意した。「アルコールは、甘いのなら好きなの」そう言って、自分のグラスをルイーズのグラスに当てた。ワファは立ったままだった。棚のうえのちいさな飾りものを持ちあげたり、書棚を眺めたりしている。一枚の写真が彼女の目に留まった。

「これ、あんたじゃない？　オレンジ色のワンピースが似合ってて素敵」

写真に写っているルイーズは髪をおろして微笑んでいる。低い石壁に腰かけ、両腕にひとりずつ子どもを抱えている。ミリアムが居間のこの棚のうえにこの写真を飾ろうと言い張ったのだ。ヌヌに向かって、「あなたは家族の一員だもの」と言って。

ルイーズはポールがこの写真を撮ってくれたときのことをよく覚えている。ミリアムが陶器を売る店に入って、お皿を買おうかどうしようか決めかねていたときだった。商店の並ぶ小道で、ルイーズは子どもたちと待っていた。ミラが石壁のうえに立って、灰色の猫を捕まえようとしていたときだ。「ルイーズ、おチビちゃんたち、こっちを見て。光がすごくきれいだから」ミラがルイーズに体をくっつけて腰かけると、ポールが言った。「さあ、笑って！」

「今年もね」とルイーズはマニキュアを塗った指で写真を指差しながら語りだした。

「またギリシャに行くの。ここ、シフノスに」彼らはまだ夏休みについて話をしたわけではないが、ルイーズはみんなそろって再びあの島に行き、透きとおるような色をした海で泳ぎ、ろうそくの明かりの中、港で夕食をとるものと確信している。ミリアムが書きとめているリストがあることを、足元に床座りしているワファに説明した。昨年の夏と同じ場所に出かけることを暗示するメモが、居間からベッドのシーツのしたまで、あちこちに置かれたり転がったりしているのだと。ルイーズは、みんなで荒磯の入り江を歩き、カニやウニやナマコを捕まえ、ナマコがバケツの底に引っ込んでいくのを眺めるつもりだとワファに話して聞かせた。ルイーズはきっと日に日に遠くまで泳げるようになって、今年はアダムが自分のあとをついてくるはずだと。

そしてバカンスの最後の日が近づいてくる。出発の前夜には、昨年も食事に出かけた店、店主のマダムが子どもたちにまだ生きている魚を選ばせてくれた、ミリアムがたいそう気に入ったあの店に行くはずだ。ワインを飲んで、そこで、ルイーズはパリには戻らない決意を告げるのだ。「明日、私は飛行機には乗りません。ここで生きていきます」と。もちろん、みんなびっくりするだろう。真剣には受け取らないだろう。ミリアムとポールはほろ酔い加減になっているだろうから、吹きだすかもしれない。あるいは、居心地の悪さを覚えるかもしれない。そして、ヌヌの決意を前にして、ふたりは心配になるだろう。ふたりはルイーズに言い聞かせようとするだろう。「ルイーズ、一体、何を考えてるんだい？　ここには残れないよ。どうやって暮らしていくつもりだい？」そこで今度はルイーズが笑う番だ。

「もちろん冬のことも考えましたよ」冬になれば島は表情を変える。乾いた岩場、地中海産のハーブやアザミが密生する様は十一月の光の中で敵意に満ちて見えるだろう。季節特有の驟雨《しゅうう》が降り始めれば、空も暗くなる。それでもルイーズは一度言いだしたら聞かない。誰も彼女の気持ちを引き戻すことはできない。おそらく別の島に行くことはあっても、後戻りすることはないだろう。

「あるいは、何も言わない。突然、姿をくらますの、こんなふうに」そう言ってルイーズは指をぱちんと鳴らしてみせた。

　ワファはルイーズの計画をおとなしく聞いていた。青く延びる水平線、石畳の小道、朝の水浴びなら簡単に想像がつく。泣きたいほどの懐かしさがこみ上げてきた。ルイーズの話を聞いているうちに、ワファの心の中に、夕刻、断崖に立ったときに感じる大西洋の鼻につんとくる匂いや、家族みんなが参加しているラマダンの期間中の日の出など、思い出が蘇ってきたのだ。ところがルイーズが突然、笑いだしたものだから、ワファは迷いこんでいた夢から引きずりだされた。

　恥ずかしがりの少女のように手で口元を隠して笑いながら、ルイーズはワファの手を取ってソファーの自分の横に腰かけさせた。ふたりはグラスを掲げて乾杯した。まるで、冗談を言い合い、秘密を告白し合ったことで結束した同級生のようだ。おとなしかいない世界に迷いこんだふたりの子どものようだ。

　ワファは誰に対しても母親か姉のように接する一面を持っている。ルイーズに水を飲ませるか、コーヒーを用意するか、何か食べさせなくてはと思った。ルイーズは伸ばした脚をローテーブルのうえで組んでいた。ワファはグラスのすぐ横に置かれたルイーズの汚い靴底を見て、こんなふうに振る舞うなんて酔っぱらっているに違いないと思った。ワファは最初から、ルイーズの少し堅苦しすぎるくらいの礼儀正しい態度、本当のブルジョワなのではないかと思わせる態度に憧れていた。ワファも裸足の脚をローテーブルの端っこに乗せ、露骨な口調で聞いた。「その島で誰かと出会うかもね。あんたに恋に落ちる、ギリシャ人のいい男に」

「そんなのイヤよ」ルイーズは否定した。「私が島に行きたいのは、もう、誰の面倒も見たくないから。寝たいときに寝て、食べたいものを食べるためよ」

最初、ワファの結婚には式も何も予定されていなかった。ふたりで市役所に行き、必要な書類に署名をして、フランスでの滞在許可証が得られるまでの間、〝夫〟であるユッセフに毎月決まった金額を支払えばそれでよいと思っていた。しかし、未来の〝夫〟は考えが変わった。友達や仲間を招いてお祝いをしたほうが礼儀にかなっているだろうと母親に持ちかけると、かねがねパーティーを望んでいた母親はすぐに賛同した。「何はともあれ、ぼくの結婚式だしね」息子は言った。「万が一ってこともあるから。移民局もこれで安心するだろうし」

ある金曜の朝、ノアジィ・ル・セックの市役所前に列席者が集合した。人生で初めて立会人をつとめることになったルイーズは、青空のようなブルーの襟つきのワンピースを着て、耳にはイヤリングを着けてきた。市長に差しだされた書類にサインをし、まるで本当に愛し合っている者同士の結婚のようだった。「おめでとう、新郎新婦！」というお祝いの掛け声や拍手も心からふたりに贈られているように思えた。

こぢんまりとした一団は、ワファの友達のひとりが経営する「アガディールのガゼル」という名のレストランまで歩いた。ワファがウエイトレスとして働いたことのある店だった。しきりに大袈裟な身振り手振りでバンバンと肩を叩き合いながら笑う人たちの様子をルイーズは立ったまま観察した。レストランの前にはユッセフの兄弟が用意した黒いセダンが停めてあり、安っぽい金色のリボンがいくつも飾られている。

レストランのオーナーが音楽をかけた。近所迷惑の心配はしていないようだ。むしろ、店の存在を知ってもらえるし、通りがかりの人たちにガラス窓越しにきれいに整えられたテーブルを見てもらえるし、招待客たちでにぎわう様子をうらやんでもらえると思っているのだ。女性たちの姿を眺めているルイーズは、ことさら彼女たちの大きな顔、分厚い手、ベルトで強調された堂々たる腰に目を引かれ、圧倒されている。大きな声で話し、よく笑い、ホールの端から端に向かって呼びかけ合う。女性たちはメインテーブルに座らせたワファを取り囲んでいるが、ルイーズの理解に間違いなければ新婦は動く権利はないようだった。

ルイーズは通りに面したガラス窓から離れた、ホールの奥の席に座らされた。ワファから朝のうちに紹介されていた男性の隣だ。「エルヴェのこと、話したよね。あたしの部屋の工事をしてくれた人。ここから割と近いところで仕事しているのよ」ワファはルイーズをわざと彼の隣に座らせた。彼女にふさわしい男だと思っているのだ。誰も自分のものにしようとは思わないような男だけれど、ルイーズにはお似合いだと。お下がりの服、さんざん読まれたすえにページが欠けている昔の雑誌、子どもたちが手を付けたゴーフルまで欲しがるルイーズにはぴったりの男。

ルイーズはエルヴェを気に入らなかった。ワファがおもしろがって自分のことを観察している、その視線にも困惑している。罠にはめられたような感覚がルイーズは大嫌いだ。しかも、この男は平凡すぎる。魅力がなさすぎる。そもそも、背丈もルイーズよりほんの少し高い程度だ。筋肉はついていそうだが足も短いし、腰幅も狭い。首はほとんどないといっていい。話すとき、恥ずかしがりやの亀みたいに、頭が肩に埋もれてしまう。ルイーズはテーブルに置かれた彼の手をちらちらと見た。労働者の、貧乏人の、喫煙者の手。よく見ると歯も欠けている。彼には気品というものがない。キュウリとワインの匂いがする。最初にルイーズの頭に浮かんだのは、恥ずかしくてミリアムとポールに会わせられないということだった。紹介すれば、ふたりは失望するだろう。ルイーズは、ふたりはきっとこの男は自分には不釣り合いと思うはずだと確信していた。

それに反してエルヴェは、ひょっとして脈ありと思える若い娘を物欲しげに見つめる老人のような目でルイーズをしげしげと見つめている。彼の目に彼女はとてもエレガントで洗練された女性に映っている。襟元に漂う繊細さ、イヤリングの軽やかさなど細部のひとつひとつにまで目を引かれる。膝のうえでもみ合わせている白い手の爪にはピンク色のマニキュアが塗られている。苦痛や辛い仕事には無縁と思える手だ。ルイーズを見ていると、エルヴェはかつて工事や修理を依頼されて行ったことのある年老いた夫婦のアパルトマンの棚に飾られていた白い陶器の人形を思いだした。ルイーズの表情はこうした人形たちのごとく、ほとんど動かない。時折、空を見つめたまま固まってしまったのではないかと思えるしぐさはなんとも言えず愛らしく、思わず、自分はここにいるよと声を掛けたくなった。

エルヴェは自分の職について話した。車で配達の仕事をしているが、フルタイムではない。家の中の修理や引っ越しの手伝いもする。週に三日はオスマン通りにある銀行のパーキングで警備員をしている。「読書の時間をもてるんでね」とエルヴェは言った。「推理小説が多いけど、いつもじゃない」あなたはどんな本を読みますかと訊かれても、ルイーズはなんと答えたらよいかわからなかった。

「音楽は？　音楽は好き？」

熱狂的に音楽が好きな彼は、紫がかったずんぐりした指でギターの弦をつまびく真似をしてみせた。昔々、バンドミュージックを聴いていた頃、ミュージシャンたちが彼のアイドルだった時代のことを話して聞かせた。彼は髪を長く伸ばし、ジミ・ヘンドリックスを崇拝していた。「今度、写真を見せるよ」と彼は言った。ルイーズは彼の話を聞きながら、自分は一度も音楽というものを聴いたことがないと思った。好きだと思ったことさえなかった。はやし歌か、母から娘に伝えていくような、旋律の乏しい歌しか知らない。ある晩、子どもたちと歌を口ずさんでいるときにミリアムに不意をつかれたことがあった。きれいな声をしているのね、と言われたのだ。「歌を仕事にすることもできたでしょうに」

招待客のほとんどがアルコールを飲んでいなかったが、ルイーズはそれに気づいていなかった。それぞれのテーブルの中央に置かれているのは、ソーダのボトルが一本と水の入った大きなキャラフだけだ。エルヴェは自分の右側の床に隠すようにしてワインボトルを直に置いていた。エルヴェのグラスが空になるとすぐに注いだ。ルイーズはゆっくり飲んでいた。耳をつんざくような音楽にも、参列者たちの叫び声にも、マイクに唇をくっつけて話す若者たちの理解不能なスピーチにも次第に慣れてきた。先ほどの気詰まりも忘れて、今ではワファを見て微笑みながら、このパーティーが単なるお芝居で、煙に巻くためのまやかし以外のなにものでもないことさえ忘れていた。

飲んでいるうちに、生きることの窮屈さ、息をすることにも臆病になっている、そんな苦痛は、唇の先でちびちびとすすっているグラスの中に溶けていった。無味乾燥でおもしろみのないレストランも、平凡でつまらない男に思えたエルヴェも、すべてが新たな様相を帯び始めていた。穏やかな声のエルヴェは、時折、口を閉ざした。彼女を見て微笑みかけ、うつむきがちにテーブルを見つめた。何も言うことがないときは、何も言わない。まつ毛のないちいさな目、まばらにしか残っていない髪の毛、紫がかった皮膚、彼の振る舞いもそれほど気に入らないものではなくなっていた。

送っていくという提案をルイーズは受け入れ、ふたりはメトロの入り口まで一緒に歩いた。彼女はさよならと言うと、振り返ることなく階段を下りた。エルヴェは帰る道々、ルイーズのことを考えていた。ルイーズは、何年経っても意味もわからず、へたくそにしか歌えない、頭をくらくらさせるほど大好きな英語の歌の一節のように彼の心に住みついた。

いつものようにルイーズが朝七時半にアパルトマンに到着すると、ミリアムとポールが居間に立っていた。彼女を待ち構えていたようだ。ミリアムはまるで空腹を抱えて一晩じゅう、檻の中でぐるぐる歩き回っていた猛獣のような顔をしている。ポールがテレビをつけた。こんなことは初めてだが、子どもたちにアニメの番組を観せておくためだ。

「ここでおとなしくしてなさい」父親に命令されると、ふたりは画面に現れたヒステリックなウサギの集団に、口をぽかんと開けて、目を釘付けにした。おとなたちはキッチンに移動し、ポールがルイーズに腰かけるように言った。

「コーヒーを淹れましょうか」ヌヌが提案したが、「いや、結構」とポールがぴしゃりと答えた。

ミリアムは夫の背後に立ち、床に目を落とし、唇に手を当てている。

「ルイーズ、我々のところに通知が来た。その通知のせいで非常に困っている。そこに書かれていたことを知って、正直、とても困惑している。世の中には黙認できないことがある」

ポールは両手で握りしめた封筒に視線を向けたまま一気に言った。

ルイーズは息を止めた。舌の感覚がなくなり、泣きだしてしまわないように唇をきつく噛んだ。子どもたちがするように、ルイーズも両手で耳をふさぎ、叫び声を上げ、床を転げ回りたかった。この会話をなかったことにできるなら、どんなことでもしたかった。ポールが手にしている手紙の主を突き止めようとしたが、住所も中身も何も見えない。

突然、ルイーズは、差出人はマダム・グリンベルグに違いないと思った。あのおしゃべりばあさんが一家が山の家に行って不在の間ルイーズの動向を見張っていたのだ、カラスのようなことをする女だ。告発するような手紙の中で誹謗中傷をぶちまけて、自分の孤独の憂さを晴らそうとしたのだ。お宅のヌヌは雇い主の留守をいいことに、あなた方のこのアパルトマンで休暇を過ごしていたんですよ、友達のワファまで連れこんでいましたよ、と書いたのだろう。あのばあさんのことだ、もし本当に彼女が書いたのだとしたら、謎を深め、意地悪の上塗りをするために、署名さえしていないはずだ。さらにあることないことでっちあげて、老いぼればあさんの空想、みだらな妄想を書き連ねたのだろう。ルイーズはそんなことには耐えられない。いや、耐えられないのは、ミリアムの視線だ。ルイーズは夫婦のベッドで寝たのではないか、雇い主をバカにしているのではないかと疑うような視線。

ルイーズは体を硬直させた。憎しみで指先がブルブル震えた。止まらない震えを隠そうと、こぶしを握りしめて膝のしたに入れた。顔は怒りで青ざめている。ルイーズは今度は突発的に頭に手をやり、髪をかきむしった。ルイーズのその反応を待っていたかのようにポールが続けた。

「国庫からの通知だ、ルイーズ。国庫への支払い金を報酬から差し引くよう、我々のところに依頼があった。どうやら数ヶ月分たまっているらしい。催促の通知に一度も返事をしていないと書いてある」

ヌヌのまなざしに表れた安堵の感情にポールが気づいてもおかしくないほどルイーズはほっとした。

「こういうやり方は屈辱に思えるかもしれないが、我々にとっても決して愉快なことではないんだ、わかってもらえると思うが」

ポールは、身じろぎもしないルイーズに手紙を差しだした。

「これですよ、中を見てください」

ルイーズは封筒をつかみ、じっとりとして震える手で書類を取りだした。目がかすんでよく見えない。読むふりをしたが、何も理解できない。

「彼らがここまでするというのは最終手段ということよ。こうなるまで支払いもせずに放っておくなんて、ふつうではあり得ないことです」とミリアムが夫の発言を補足するように言った。

「すみません」ルイーズが言った。「申し訳ございません。なんとかします、お約束します」

「必要なら、助けてあげられるわ。これまで受け取った書類をすべて持ってきてください。書類を見ながらどうすればいいか解決策を探しますから」

ルイーズはうつろな目をして、手のひらで頬をこすった。何か言わなければならないことはわかっていた。ミリアムの腕に飛びこみ、抱きしめ、助けてくださいと頼みたかった。自分はひとりぼっちで、あまりに孤独で、それなのに大変なことがたくさん起こり、お話ししたくてもできなかったけれど、それでもミリアムには、あなただけにはお話ししたかったんですと言いたかった。しかしルイーズは頭の中が混乱し、体が震えて、どう振る舞ってよいのかわからなかった。

ルイーズはなんとかこの場を切り抜けようとして、すべて誤解ですと言い張った。住所変更を引き合いに出して、この過ちを、まったく先の読めなかった男、しかも隠し事の多かった男、夫のジャックのせいにした。現実を、明白な事実を、ルイーズは否定した。しかしヌヌの話があまりに悲愴なうえ支離滅裂で、ポールは降参とばかりに天を仰いだ。

「わかった、わかった。それはあなたの個人的な問題だ。とにかくこの一件は早急に解決してください。今後一切こうした書類は受け取りたくない、いいですね」

通知はジャックの家からルイーズの借りているひと間だけのアパルトマンに、そしてしまいには自分の仕事場、自分ひとりのおかげで手入れの行き届いているこのアパルトマンまで追いかけてやってきた。ジャックの未払いの医療費、加算された住居税、ルイーズには何に使ったのかさえわからないクレジットの未払い金、これらすべての請求書がここに送られてきたのだ。ルイーズは無邪気にも、沈黙を通しているうちに国庫もあきらめるだろうと思っていた。いっそ死んだことにすべきだった。いずれにしても、何も持っていない、箸にも棒にもかからない自分のような人間が彼らにとってなんの役に立つというのだろう。捕まえたところでなんになるだろう。

通知の在処《ありか》なら知っている。束になった郵便物を捨てたわけじゃない。電気メーターのボックスのうえに置いてある。火をつけて燃やしてしまおうか。そもそも、長々とした文章も、ページを埋めつくす表も、ふくらみ続ける金額の数字の列も、ルイーズにはさっぱりわからないのだから。ステファニーの宿題を手伝っていたときと同じだ。書き取りもしたし、数学の問題を一緒に解こうと努力もした。それでも娘はいつも笑いながらバカにした。「どうせ何もわからないんでしょ。無能なんだから」と言って。

その晩、子どもたちにパジャマを着せたあとも、ルイーズは子ども部屋でぐずぐずしていた。扉のところで直立して待っていたミリアムから、「もう帰っていいですよ。明日にしましょう」と言われても、それでもルイーズは留まっていたかった。ミラの足元で寝たかった。物音も立てないし誰の邪魔もしないから。ルイーズはひと間だけの自分の部屋に戻りたくなかった。毎晩、少しずつ帰宅の時間を遅らせていたルイーズは、うつむきがちに、スカーフで顔を隠すようにして通りを歩いた。赤毛の、血走った目をした老いぼれの家主に出くわしたくないのだ。「この地区で家を借りる白人がいるなんて、まったく思いもよらないことでしたよ」と言ってルイーズを信用したくせに、今では後悔している、ケチな男。

ＲＥＲの車両の中で、ルイーズは泣くまいとして歯を食いしばった。通りを歩き始めると、凍りつくような意地の悪い雨がコートと髪に染みこんだ。建物から突きでた屋根の先から大粒の雨が落ちて首に滑りこみ、ルイーズは震えあがった。住まいのある通りに差しかかると、人気はないのに誰かに見られている気がした。振り返っても誰もいない。すると、暗がりの中、車と車の間にひとりの男がしゃがみこんでいるのが目に入った。あらわになった腿、ずんぐりした手を膝に乗せ、もう片方の手には新聞紙が握られている。その男がルイーズを見た。敵意があるようにも、困惑しているようにも見えない。ひどい吐き気に襲われ、ルイーズは後ずさった。大声を出して、自分以外に目撃者になってくれる人を呼びたかった。男はあろうことか、彼女の目の前で排便しているのだ。恥ずかしがるそぶりもなく、外で用を足すことに慣れている様子で。

ルイーズは自分の住む建物まで一目散に走り、足を震わせながら階段をのぼった。部屋に入ると片っ端から片付けた。シーツも替えた。シャワーを浴びたくなった。体を温めるためにシャワーの湯を長いこと浴びていたかった。しかし数日前からシャワーの調子が悪くなり、使用できなくなっていた。受水盤を支えていた木材が腐り、崩れ落ちたようになっていたのだ。その日以来、台所の流しでバスグローブを使って体を拭き、椅子に座ってシャンプーをしたのは三日前のことだ。

ベッドに体を横たえても眠れなかった。暗がりにしゃがんでいた男のことが頭から離れない。もうじき同じことをするようになるのは自分なのだと想像せずにいられない。通りで暮らすようになるのだ。こんなみじめなアパルトマンさえも去らなくてはならず、動物のように、通りで排泄するようになるのだ。

翌朝、ルイーズはなかなか起きあがることができずにいた。歯をガタガタさせるほどの熱があった。喉が腫れ、口内炎がいくつもできて、唾を呑みこむことさえ不可能に思える。七時半になるかならないかのうちに、すでに電話が鳴り始めた。ルイーズは応えられない。それでも、ディスプレイに映ったミリアムという名前は見えた。目を開き、携帯に手を伸ばすと電話が切れた。ルイーズは枕に頭を埋めた。

再び電話が鳴った。

今度はミリアムはメッセージを残した。「ルイーズ、ミリアムです、おはようございます。もうすぐ八時ですが。ミラが夕べから熱を出して寝ているんです。私はとても大事な仕事があって……、昨日、話したかと思いますが、今日は法廷での弁論の日なんです。何か変わったことが起きていないといいのですが。このメッセージを聞いたらすぐにコールバックをお願いします。待ってます」ルイーズは足元に携帯を投げだして、毛布のしたでのたうち回った。喉がひどく渇いていることも、排尿したくてたまらないことも意識の外に追い払おうとつとめた。とにかくここから動きたくない。
ラジエイターの弱々しい熱に少しでも近づこうと、ベッドを壁に押しつけた。こうして横たわると、鼻が窓ガラスにくっつきそうだ。通りのやせ細った樹々を見ているうち、もう出口が見つけられないような気がしてきた。闘っても無駄なのだという奇妙な確信が生まれた。されるがままに漂い、襲いかかられ、追い抜かれ、目の前の状況に受け身でいるしかないのではないかと。前夜、ルイーズは郵便物をかき集め、開封しては一通一通、引き裂いていった。散り散りになった紙切れを流しに投げ捨て、蛇口を開いた。ルイーズが見つめる中、紙切れは水に濡れて醜いパテのようになり、熱湯にあたると粉々になって流れていった。電話は鳴り続けた。携帯をクッションで隠しても眠ることはできなかった。

マッセ家のアパルトマンでは、ミリアムが法服をストライプの肘掛け椅子に掛けて、じりじり足踏みをしている。「ルイーズはもう戻ってこないかもしれない」ポールに言った。「ヌヌが一夜にして消えてしまうことなんて、珍しいことじゃない。こんな話なら、いやというほど聞いたわ」ミリアムは再度、電話を鳴らしてみたが、沈黙を前にして無力を感じるだけだった。ミリアムはポールを恨んだ。ルイーズに対して厳しすぎたこと、彼女を単なる使用人のように扱ったことを非難した。「私たち、ルイーズを侮辱したのよ」

　ポールは妻を落ちつかせようとした。ルイーズは問題を抱えている、何か起こったのだと。説明もなしに彼女がこんなふうに消えてしまうわけがない。子どもたちのことをあそこまで愛している彼女が、さよならも言わずに立ち去るはずがないと。「バカなシナリオを考えるより、彼女の住所を見つけだしてくれないか。契約書に書いてあったと思う。一時間経っても電話に出なければ、ぼくが彼女の家まで行ってみるから」

　ミリアムがしゃがみこんで引き出しという引き出しを引っかき回していると、電話が鳴った。聞き取れないような弱々しい声で、ルイーズが謝罪の言葉を口にしている。あまりに具合が悪く、ベッドから出られなかったと。朝方になって寝こんでしまい、電話も聞こえなかったと。「申し訳ございません」とルイーズは少なくとも十回は繰り返した。ミリアムはこんな単純な理由だったのかと不意をつかれる思いだった。具合でも悪いのかと、ふつうなら真っ先に思いつく理由をまったく想像できなかった自分が恥ずかしかった。まるでルイーズは、疲れることも病気になることも決してない完全な体の持ち主のように。「わかりました」とミリアムは答えた。「休んでください。誰か探してみますので」

　ポールとミリアムはふたりで一斉に、友人、同僚、家族と片っ端から電話をした。やっとのことで、その中のひとりが「穴を埋めてくれそうな子ならいるよ」と言って学生の電話番号を教えてくれた。運良く、彼女はすぐに来てくれるという。二十歳そこそこのきれいなブロンドのその女の子は、ミリアムの眼にはとても信用できるタイプではなかった。アパルトマンに入ってくると、ヒールの高いブーツをのろのろと時間をかけて脱いだ。首に恐ろしい入れ墨をしているのが見えた。ミリアムがひとつひとつ指示するのを、彼女は何もわかっていないような顔で、一刻も早くこの神経質でしつこい雇い主を追い払いたいと言わんばかりに、「はい」とだけ答えながら聞いていた。ソファーでうとうとしていたミラには、わざとらしい親近感を見せ、まだ自分もおとなになり切っていないというのに、母親が心配するようなふりをした。

しかし、ミリアムが決定的に打ちのめされたのは、夜、帰宅したときだった。アパルトマンは散らかし放題だった。おもちゃが居間の床に散乱し、汚れたお皿は流しにだらしなく置かれたままで、テーブルのうえには、ひからびたニンジンのピュレが放置されていた。急場しのぎのヌヌは、独房から解放される囚人のように、待ってましたとばかりにソファーから立ちあがり、渡されたお札をポケットにねじ込むと、携帯を手に玄関へと急いだ。あとになってミリアムは、バルコニーに十数本もの吸い殻が落ちていることに気づいた。子ども部屋では、青いタンスのうえにチョコレートアイスクリームの食べかけが溶けて、表面のペンキに染みを残していた。

ルイーズにとっては悪夢のような三日間だった。眠りに落ちることはできないのに眠っているように何も手につかず、頭の中は霧がかかったように混沌とし、不調が増して無気力状態だった。夜ははらわたをえぐられるような内なるわめき声に取り憑かれた。汗をかいてシャツが胸にべっとりとくっつき、歯がガタガタ震え、ソファー兼ベッドは次第にへこんでいった。顔をブーツのヒールで固定され、口に泥でも詰めこまれたような気がした。腰がおたまじゃくしの尾のようにくねくねして、疲労困憊だった。喉を潤すため、トイレに行くためだけに起きあがってはすぐに寝床に戻った。

眠りから目覚めるときは、まるで海の深淵からやっとのことで這いあがったようにしんどかった。遠くまで泳ぎすぎて酸欠になり、水はもはやねばねばした黒いマグマと化し、どうか空気をください、海の表面に戻って思い切り空気を吸わせてくださいと祈っているときのように。

表紙が花柄模様のちいさな手帖に、アンリ・モンドール病院の先生から言われた病名を書き留めてあった。「妄想性鬱症《メランコリー・デリラント》」。ルイーズはきれいな言葉だと思った。悲しみを抱えたルイーズは、詩的に思えるこの言葉を思い浮かべるだけで、束の間、現実から逃避することができた。彼女はその名前をすべて大文字で、よじれて力の入った奇妙な字で書いた。このちいさな手帖の紙に書かれた文字たちは、アダムが組み立てては壊すことだけを楽しみにしている、あぶなっかしい積み木に似ていた。

ルイーズは初めて老いを意識した。調子の狂い始めた体、骨の髄まで痛みをもたらす動作、かさみ続ける医療費のことも考えた。そして、汚れたガラス窓のアパルトマンで寝て過ごす、病気がちの日々に対する恐怖はいつも頭から離れなかった。ルイーズはこの部屋が大嫌いだった。シャワールームから漏れてくるカビの臭いが頭から離れず、口の中にまでまとわりついているように不快だった。部屋のありとあらゆるパッキン部分、隙間という隙間が青いカビであふれ、どんなに磨いてもカビは夜の間に繁殖して、これまでになく濃くなっていくように感じていた。

憎しみが彼女の胸の内にわき上がった。人に仕えたいという前向きな気持ちや子どもっぽい楽観的な考えを邪魔しにくる憎しみの感情。すべてを曇らせる憎悪。ルイーズは悲しく、雑然とした空想にふけっていた。自分には立ち入る権利のない他人のプライバシーを、必要以上に見たり聞いたりしすぎたという印象に取り憑かれていた。ルイーズは自分の寝室というのを持ったことが一度もなかった。

苦悶の夜を二晩過ごしたすえに、やっとのことで仕事に戻る準備ができたと感じた。体はやせ細り、少女のような顔は生気を失い、頰はこけ、ぼこぼこに殴られたかのようだった。髪を整え、化粧をし、まぶたにスミレ色のアイシャドーを施すと気持ちが落ちついた。

七時半、オトヴィル通りのアパルトマンの扉を開いた。ブルーのパジャマを着たミラがヌヌに走り寄り、腕の中に飛びこんだ。「ルイーズ、ルイーズが来た！　戻ってきてくれた！」母親の腕に抱かれていたアダムは体をばたつかせた。ルイーズの声を聞き、パウダーの香りに気づき、フローリングの床を歩くときの静かな足音を聞き分けたのだ。アダムがちいさな手で母親の胸元を押しやると、母親は微笑んで、ルイーズのやさしい腕にゆだねた。

ミリアムの冷蔵庫には保存するための入れ物がたくさん入っている。ちいさな容器が積み重なっている。アルミホイルで覆われたボウルもある。冷蔵庫の中のプラスチックの仕切りの棚にはレモンのかけら、しなびたキュウリの先っぽ、扉を開けるとキッチン全体に臭う四分の一のタマネギ、皮しか残っていないチーズなどが置いてある。ミリアムがちいさな容器のフタを開けてみると、もはや鮮やかな緑色も丸みも失われたグリーンピースが入っている。マカロニが三個、ひとさじ分のペースト、ひとかけらの七面鳥などが別々の入れ物に入っている。スズメの食事にさえならなくても、ルイーズは丁寧に取っておくのだ。

ポールとミリアムにとってはジョークの種となっていた。食べ物を捨てることを極端に嫌うルイーズの執着は、最初のうちはふたりを笑わせていた。ヌヌが缶詰の中身をこそげ落とし、子どもたちにはヨーグルトの容器を舐めさせるのを、雇い主夫婦はばからしいと思いながらも微笑ましく眺めていた。

手もつけていない食料や修理する気になれないミラの壊れたおもちゃの入ったゴミ袋を、真夜中、こそこそと捨てにいくミリアムを見てポールはからかった。エレベーターでゴミ箱のある中庭に降りていくミリアムに向かって、「ルイーズに叱られるのが怖いんだろ、素直に言えよ」と笑いながら言うのだった。

郵便受けに投げ入れられる近所の商店のちらしをミリアムとポールは機械的に捨ててしまうが、ルイーズは神経を集中させ、目を凝らして仔細にチェックする。何パーセント引きと書かれた割引券も、まるでコレクションでもするように集めてはミリアムに勝ち誇ったような顔で見せる。ミリアムはそんなルイーズをおもしろがったり、バカにしたりする自分たちを恥ずかしく思うのだった。そもそもミリアムは、夫と子どもたちの前ではルイーズを見習いなさいと言ってお手本のように扱った。「ルイーズのしていることは正しいわ。無駄にするなんて、本当にもったいない。世の中には、食べたくても食べるもののない子どもたちだっているのよ」

しかし月日の流れとともにルイーズのこの執着は目に余るようになり、数ヶ月経った頃には緊迫した問題となった。強迫観念にとらわれているようなルイーズの度を超した行動をミリアムは非難するようになり、彼女の頑固さ、誇大妄想に不平を言うようになった。「ゴミ箱を引っかき回すなんて、私にはやましいことは何もないわ」ミリアムがそう断言すると、ポールはますます、ルイーズの権力に屈している必要などまったくないと確信するのだった。ミリアムは思い切って断固とした態度をとることに決めた。子どもたちに賞味期限の過ぎた食べ物を与えることを禁じたのだ。「一日でも過ぎたら絶対に食べさせないでください。ええ、一日でも。議論の余地はありません」

ルイーズの体調が回復しかけていたある晩、ミリアムは遅くに帰宅した。アパルトマンは真っ暗で、ルイーズが扉のところでコートを背中に掛け、手にバッグを持って立っていた。ルイーズはさよならもそこそこにエレベーターへと急いだ。ミリアムはあまりに疲れ果てていて、どうしたのだろうと考えることも、それによって感情を乱す元気もなかった。

「ルイーズがなんだか機嫌が悪そう。でも、それがどうしたっていうの?」

ミリアムはソファーに身を投げだし、洋服を着たまま、靴も履いたまま寝てしまえるくらい疲れていた。それでもワインを一杯飲みたくてキッチンに向かった。束の間でいいから居間で腰かけ、よく冷えた白ワインを飲みながらタバコを吸ってリラックスしたかった。子どもたちを起こしてしまう心配がなければ、お風呂にも入りたいところだった。

ミリアムはキッチンの明かりをつけた。いつも以上にきれいになっているように見えた。石けんの匂いが充満し、冷蔵庫の取っ手は磨かれ、作業台には何ひとつ置かれていない。換気扇には脂の汚れひとつなく、棚の取っ手という取っ手がスポンジで拭いてある。ミリアムの正面のガラスは輝かんばかりだ。

冷蔵庫を開けようとしたそのときに、それは目に入った。子どもたちとヌヌが食事をとるちいさなテーブルの真ん中に、鶏のガラが丸ごと皿に置かれていた。てらてらとした骨格には一片の皮も、肉のかけらひとつも残っていない。禿鷹《はげたか》がついついたか、昆虫がしつこくちびちびと食べ尽くしたかのようだ。いずれにしても人間業ではない。

ミリアムは茶色がかった色の死骸を凝視した。丸みを帯びた胸骨、先の尖った骨、つるつるして形のはっきりした脊椎、よじれてくっついている翼、今にも砕けそうな関節。ぬめりのある黄色い軟骨は乾いた膿のようだ。密集する小骨の間から、黒くて血の気の失われた胸部の空洞が見えた。肉も臓器も、悪くなるものはもはや何も残っていないのに、ミリアムには自分の目の前で腐敗し続けていくおぞましい巨大な死骸に見えるのだった。

ミリアムははっきりと覚えていた。今朝、捨てたばかりの鶏だ。肉はもう食べられない、子どもたちが食べて具合が悪くなってはいけないと思ったのだ。皿を揺すって、ゼラチン質の脂に包まれた鶏をゴミ箱に落とした。鶏はどさっと音を立てた。ミリアムは「おえっ」とさえ言った。早朝には似つかわしくない臭いに胸が悪くなったのも覚えている。

ミリアムは鶏に近寄ったが、あえて触ろうとはしなかった。これは何かの間違いでもないし、ルイーズが忘れたわけでもない。ましてやジョークでもない。食器用洗剤のアーモンドの匂いがする。水をざあざあ流しながらルイーズが丁寧に洗い、復讐の印として、呪いの塔として置いたのだ。

あとになってミラは母親にすべてを話して聞かせた。ミラは陽気に笑いながら、飛びはねながら、指を使った食べ方をルイーズがどうやって教えてくれたのか説明した。それぞれ椅子のうえに立って、アダムと一緒に骨を引っかいて肉をはがしていったという。肉がぱさぱさしていたので、喉を詰まらせないようにと、大きなコップでファンタを飲むことも許されたのだと。ルイーズは骨格を壊さないように細心の注意を払い、鶏から目を離すことはなかった。子どもたちには、これはゲームで、ルールをきちんと守ればご褒美をあげると言った。そして最後に、ミラとアダムは初めて、酸味のある飴をふたつずつもらった。

エクトール・ルヴィエ

十年という歳月が流れても、エクトール・ルヴィエはルイーズの手を完璧に覚えている。しょっちゅう触れていた手。ルイーズの手はバラの花びらをつぶしたような匂いがして、爪にはいつもマニキュアが塗られていた。握りしめ、引っぱり、テレビで映画を観るときには必ず彼のうなじに置かれていた手。ルイーズの手は熱い湯船に潜りこみ、エクトールのやせっぽちの体をこすった。石けんで髪を泡立て、脇のしたに泡を滑りこませ、性器を、お腹を、お尻を洗った。

ベッドに体を横たえ枕に顔をうずめると、エクトールはルイーズに、背中をなでてとお願いする代わりにパジャマを持ちあげてみせた。そうするとルイーズは必ず、指先で背中をなぞってくれた。少年の肌は刺激を感じてかすかに震え、安心すると同時に、ルイーズの指が沈みこんだときに覚える不思議な興奮をほんの少し恥ずかしく思いながら眠りにつくのだった。

学校に行く道々、エクトールはヌヌの手をぎゅっと握りしめていた。背丈が伸び、手のひらも大きくなるにつれて、彼はルイーズのビスケットのような、陶器のような骨を砕いてしまうのではないかと心配になった。自分の手の中でぽきっと折れてしまうのではないかと怖くなった。エクトールは時折、横断歩道を渡るとき、手を引いているのはルイーズではなく自分のほうではないかと感じることがあった。

ルイーズから厳しく当たられたことはなかった。一度も。ルイーズが怒っている姿を見た覚えがない。ましてや手を上げられたことなどない。これは確かだ。長い月日が経過しても、ルイーズのことはぼんやりと覚えている。顔は記憶の彼方で、今、通りですれ違ったとしても、ルイーズだとすぐにわかるかどうかは自信がない。それでも、張りのないやわらかな頬の感触、朝に夕にはたいていたパウダーの匂い、ベージュ色のストッキングが顔に当たったときの妙な感覚は覚えている。少し変わったキスの仕方、まるで突然、独占欲に突き動かされたように歯を剝きだし、噛むように激しく頬にキスされたこと、こうしたすべてのことははっきり覚えている。

お菓子作りの才能も忘れていない。学校に迎えにくるときに持ってきてくれたお菓子のこと、少年が美味しそうに食べるのを見てルイーズが喜ぶ様子も覚えている。トマトソースの味、さっと焼いて胡椒をかけたステーキ、シャンピニオンのスープは、今でも時々脳裏に蘇る。コンピューターの前で冷凍食品を食べるようになる前の時代の、子ども時代の思い出の味だ。

限りなく辛抱強かったことも覚えている。というよりはむしろ、自分の勝手な記憶の中でそう思いこんでいるのかもしれないが。「おやすみの時間の儀式」は両親とはうまくいかないことが多かった。母親のアンヌ・ルヴィエは、エクトールがめそめそ泣いたり、扉を開けておいてと頼んだり、もっとお話しして、もう一杯お水をちょうだい、お化けを見たよ、まだお腹が空いているなどと言うと、すぐに辛抱できなくなって苛立ちを見せた。

ルイーズは違った。「私もね、寝るときは怖いのよ」と白状してくれた。怖い夢の話もいやな顔ひとつせずに聞いてくれて、バラの花の匂いのする長い指で何時間でもこめかみをなでながら、眠りにつくまでそばを離れなかった。両親に、子ども部屋のランプをつけておくよう説得もしてくれた。「こんな恐ろしさを無下に与える必要はありません」と言って。

確かに、ヌヌとの別れは胸の張り裂ける思いだった。彼女がいなくなって猛烈に寂しかった。代わりに来た若い女の子のことは大嫌いだった。その子は学校から家までの道々、英語を話した。母親がよく口にしていたように、「知的に刺激を与える」女の子だったらしいが、彼はどうしても好きになれなかった。ルイーズはよく、自分にはエクトールしかいない、誰も代わりになる子はいない、永遠にやさしくするからねと誓っていた。そんな情熱的な約束を破ったルイーズを彼は恨んだ。彼女の姿はある日突然、消えたが、エクトールはあえて質問しなかった。自分から離れていったこの女性に戻ってきてほしいと泣きつくことはしなかった。なぜなら、まだほんの八歳ではあったけれど、この手の愛は人からからかわれるようなもの、同情を見せ合ったとしてもふりにすぎないもの、ばかばかしいものだという直感を抱いたからだ。

エクトールはうなだれ、黙りこんでいる。隣に座っている母親のアンヌは息子の肩に手を置き、「大丈夫よ、いいのよ」と慰めるように声は掛けるが、動揺している。警察官を前にして、まるで罪を犯した者のような目をしている。何か白状すべきことはないかと思いめぐらしているのだ。はるか昔に犯したかもしれない不始末、刑事たちがその責任を取らせようと強要してくるような過ち。アンヌはもともとナイーブで妄想癖があった。空港では、汗をかかずに通関したことは一度としてない。ある日、運転中にアルコール反応テストを強いられたときは、アルコールを口にしてもいないし、そもそも妊娠していたというのに、絶対に捕まると思いながら怖々《こわごわ》と息を吹いたことさえあった。

警部は褐色の髪をポニーテールにした美しい女性で、机をはさんで彼らと向き合っている。彼女はアンヌに、ルイーズとはどのようにコンタクトを取り、子どもたちのヌヌとして雇おうと決めたのはどんな理由からだったのかと尋ねた。アンヌは穏やかに答えた。望みはひとつ。警察を満足させ、捜査を軌道に乗せることだが、その前に何より、ルイーズが何の罪に問われているかを知りたい。

　ルイーズは友人から薦められたのだった。その友人はルイーズを褒めちぎった。そもそも、アンヌ自身もヌヌには満足していた。「エクトール、あなた自身も言っていたように、あなたも彼女のことが大好きでしたね」女性警部は若者に微笑みかけた。彼女は振り返って書類を取りだし、尋ねた。

「マダム・マッセからの電話は覚えていますか？　昨年の一月のことです」

「マダム・マッセ？」

「ええ、思いだしてください。ルイーズはお宅で働いていたことを履歴書に記載していました。そこでミリアム・マッセはルイーズについて話を聞きたくて、あなたに電話をしたのです」

「ああ、覚えています。そうです、ルイーズはなかなか出会えない素晴らしいヌヌです」と答えました」

　アンヌとエクトールは二時間も前から息を抜く隙さえ与えない殺風景なこの部屋に腰かけていた。きれいに整頓され、写真の一枚も転がっていない。壁にはポスターも捜索願いも何も貼られていない。女性警部が時折、言葉を途中で切って、失礼と言いながら席を立つと、アンヌと息子はガラス窓を通して彼女が携帯で話し、同僚に耳打ちし、コーヒーを飲む様子を眺めた。ふたりは単純に気晴らしをするためであってもお互いに口をききたくなかった。並んで座っていながら、お互いにお互いを避け、ふたりきりであることを忘れるふりをしていた。仕方なしに、時々息を強く吐きだしたり、立ちあがって椅子の周りを一周したりした。エクトールは携帯の画面を眺め、アンヌは革の黒いバッグを胸に抱きしめた。退屈はしていたけれど、礼儀上、というよりあまりの恐ろしさに、警部にイライラしている様子など微塵も見せないようつとめた。閉じこめられ、服従させられていることに疲弊し、ただひたすら、一刻も早く解放されることを願っていた。

警部がプリントアウトした書類を彼らに差しだした。

「ここに署名をお願いします、ここにも」

アンヌは書類を覗きこんで、目を上げずに弱々しい声で訊いた。

「あの……ルイーズは、彼女は何をしたんですか？　何が起こっているんですか？」

「子どもをふたり殺した罪に問われています」

女性警部の目の周りには隈ができていた。紫色にふくれた隈が彼女のまなざしを重苦しいものにしていたが、妙なことに、さらに美しく見せていた。

エクトールは六月の暑気に満ちた通りに出た。街行く女の子たちはみんなきれいで、彼は早くおとなになりたい、一人前の男になりたいと思った。十八歳という年齢が重くのしかかり、早く振り払ってしまいたかった。つい先ほど、恐怖におののいて呆然としている母親を警察署の扉の前に置き去りにしたように。彼は自覚していた。母親の質問に対する女性警部の返答を聞いたときに感じたのは、驚きでもショックでもない。巨大で、苦しい、安堵だったことを。大きな喜びでさえあった。まるで常に危険にさらされているのをわかっていたかのように。悪魔のような、言葉に尽くしがたい恐ろしさ。子どもの目と心だけが、彼だけが察知できる脅威。その不幸はどんな運命からか、他の子どもに襲いかかったのだ。

そんな彼の気持ちを警部は読みとったようだった。先ほど彼女は無表情のままでいたエクトールの顔を覗きこみながら微笑んだ。生き延びた人に微笑みかけるように。

ミリアムはひと晩中、キッチンのテーブルに置かれていた鶏ガラのことを考えていた。目を閉じたとたんに、鶏の死骸がすぐそこに、ベッドに横たわる彼女の目の前にあるような気がして仕方なかったのだ。

ミリアムはちいさなテーブルに片手をつき、目の端で鶏ガラを見張りながら、白ワインを一気に飲み干した。触ったらどう感じるか想像しただけで嫌悪感を覚えた。指で触れたとたんに生き返るのではないか、顔に飛びかかってくるのではないか、髪の毛をつかまれ、壁に押しつけられるのではないかという、何か起こるかもしれないという奇妙な気持ちを抱いた。居間に戻り、窓際で一服して気持ちを落ちつかせると、キッチンに戻ってビニールの手袋をはめて死骸をつかみ、ゴミ袋に投げ入れた。お皿と、横にあった布巾も捨てた。そして大急ぎで共有のゴミ箱の置いてある中庭まで降りて、黒いゴミ袋を捨てると、扉を後ろ手で乱暴に閉めた。

そしてベッドに入ったのだった。心臓がドキドキして息もつけないほどだった。なんとか眠ろうとしたものの耐えられなくなり、仕事中のポールに電話をかけて、つい先ほどキッチンで目にしたことを涙ながらに報告した。ポールは、妻は深刻に考えすぎだと思った。できそこないのホラー映画のようだと笑った。「たかが鶏のことで、そんなに騒ぎたてるなんておかしいよ」ポールは妻を笑わせようとして、そんなに重大なことじゃないよと言って安心させようとした。しかしミリアムは怒って電話を切ってしまった。ポールはかけ直したがミリアムは電話に出なかった。

ミリアムの眠りを妨げていたヌヌに対する批判的な考えは、次第に自分自身の罪の意識へと変わっていった。

最初は頭の中でルイーズを罵倒していた。こんなことをするなんて、どうかしている、危険でさえある。きっとヌヌは雇い主に対しておぞましい憎しみを抱いていて、復讐を企んでいるのだと。ルイーズがおよぼしかねない暴力を予測しなかった自分を責めた。現にミリアムは一度、こんなささいなことでこれほどまで怒るのかと、心底驚かされたことがあったのだ。ミラが幼稚園でカーディガンをなくしてしまったときのこと。ルイーズは大騒ぎをして、毎日、このブルーのカーディガンの行方について話した。絶対に見つけだしますと言い、幼稚園の先生や警備員、給食係までののしった。ある月曜の朝、ヌヌはミリアムがミラに着替えをさせているところにやってきた。ミラはブルーのカーディガンを着ていた。

「見つかったんですね？」ヌヌは興奮して訊いた。

「いいえ、同じものを買ったのよ」

するとルイーズが猛烈に怒りだした。「私がへとへとになって探しまわる必要などなかったわけですね。一体、どういうことでしょう。誰かにものを盗まれたって、なくしたって、たいしたことじゃない。だってママがミラのために新しいカーディガンを買ってくれるんですからね！」

そして、ミリアムは自分が非難したことに立ち返って考えてみた。「行きすぎていたのは私のほうかもしれない。無駄遣いばかりして節度に欠け、考えが甘すぎることを心配して、ルイーズは彼女なりの方法で忠告してくれたのかもしれない。お金の苦労があったルイーズは、鶏を捨てたことを侮辱と受け取ったのかもしれない。私はルイーズを助けるかわりに侮辱してしまったのだ」と。

一睡もできなかったような不快感とともに、ミリアムは夜明けに起きだした。ベッドから出ると、すぐにキッチンに明かりがついているのが目に入った。キッチンに行くと、ルイーズが中庭に面したちいさな窓の前に腰かけていた。ヌヌは、ミリアムがお誕生日に買ってあげたティーカップを両手で包みこむように持っていた。彼女の顔は霧の中を漂っているように見えた。青白い朝もやの中でゆらめく老女か幽霊のようで、髪の毛も肌もすべての色を抜かれてしまったようだった。今朝もいつもと同じ、白い襟のついたブルーのブラウス。ミリアムは、ルイーズが最近、毎日同じ服を着ていることに気づいて、突然、胸が悪くなった。なんとか口をきかずにすめばいいと思った。自分の人生からヌヌの存在を消してしまいたかった。努力することなしに、ウインクひとつで消えてほしい。しかし、ルイーズはすぐそこにいる。目の前で、微笑みかけている。ルイーズがか細い声で言った。「コーヒー飲みますか？　お疲れのようですね」ミリアムは手を出して、熱いカップを受け取った。

ミリアムはこれから始まる長い一日のことを思った。重罪院で弁護する男のことを。そして、自宅のキッチンでヌヌと向き合っている今のこの状況がどれだけ皮肉なものかと考えた。同僚から議論好きを賞賛され、パスカルからも敵と対峙するときの勇気を高く評価されているというのに、そんな自分が今は、小柄なブロンドの女性を前に声を詰まらせているのだから。

映画の撮影現場、サッカーのグラウンド、満席のコンサートホールに憧れる若者たちがいる中で、ミリアムは一貫して法廷に立つことを夢みてきた。学生の頃からできる限り傍聴席に座るように努力していた。ミリアムの母親にしてみると、強姦、近親相姦、殺人といった卑劣で陰鬱な案件を、冷静に正確に論じることに夢中になれる娘の気持ちがわからなかった。ミリアムは、連続殺人犯のミシェル・フルニレの裁判が始まった頃から本格的に弁護士を目指すようになり、この事件の成りゆきを注意深く追った。裁判の行われていたシャルルヴィル・メジエールの中心街に部屋を借り、毎日、この怪物を見ようとやってくる主婦たちのグループに交じった。裁判所の外に、多くの人を収容できる巨大なテントが張られ、その中で大画面に映しだされる法廷尋問を生中継で見ることができたのだ。とはいえ、ミリアムは主婦たちのグループからは少し距離を置き、彼女たちと話すことはなかった。赤ら顔で短い髪、爪も短く切りそろえた女性たちが、被告を乗せたちいさなトラックが到着すると、ののしったり唾を吐きかけたりするのを見ることに違和感を覚えていたからだ。道徳的規範に満ち、時として厳格すぎるほどのミリアムは、ストレートな憎しみと復讐に訴えるこの光景に、実はむしろ魅惑されていた。

ミリアムはメトロに乗り、時間より早く裁判所に着いた。タバコに火をつけて、分厚い資料をまとめてある赤いひもを指先でつまんだ。パスカルのアシスタントとしてひと月前からこの裁判の準備を進めてきた。二十四歳の被告人は他の三人と共謀して、ふたりのスリランカ人を相手に極悪非道な暴力行為に及んだ。アルコールとコカインの力のなせるままに、彼らは滞在許可証を持たない、しかし、なんの悪さもしていないふたりの料理人をめった打ちにした。もう一発、もう一発と殴って、ふたりのうちひとりを死に追いやり、標的を間違ってまったく無関係の男に手を出してしまったと気づくまで殴り続けた。彼らはこの犯行の理由を説明できなかったが、監視カメラが映しだした事実について否定することもできなかった。

最初の接見で、被告の男は弁護士に向かって、嘘と誇張で塗り固めた自分の人生を語った。身に迫った終身刑をなんとか逃れたい一心で、ミリアムに色目を使おうと試みもした。しかしミリアムはどんな手を使われようが、「ほどほどの距離感」を保った。パスカルがいつも使う表現で、彼いわく、その距離感にこそ成功の鍵があるということだった。ミリアムは証拠に基づいて嘘と真実を選り分け、整然と事件を解き明かしていった。ミリアムは小学校の先生のような口調で、わかりやすい、しかし仮借のない言葉を選んで、嘘は防御するうえで最悪のテクニックであること、今となっては真実を明かしても彼には何も失うものがないと言い聞かせた。

出廷の日、ミリアムはこの若者に新しいシャツを買い与え、悪趣味なジョークと、空威張りの印象を与えるにやけた笑みは封印するよう言い渡した。「私たちは、あなたもまたひとりの犠牲者であることを証明しなければならないのですから」

ミリアムは仕事に集中することができた。仕事は昨夜の悪夢を忘れさせてくれた。ミリアムは依頼人の心理について話してもらうよう、ふたりの専門家を呼んであった。スリランカ人の犠牲者が、通訳を通して証言した。証言はたどたどしかったが、傍聴席に彼の感情は伝わった。被告人は無表情のままうつむいていた。

休憩時間にパスカルが電話をしている間、廊下の椅子に腰をおろしたミリアムは、うつろなまなざしで、パニックにも似た感情にとらわれていた。ルイーズの借金の話をあまりに高圧的に扱ってしまったのではないだろうか。立ち入りすぎてはいけないという気持ちからか、無頓着からか、国庫からの書類をつぶさに見ることはしなかった。あの書類を取っておくべきだったと思った。ルイーズにはすべての書類を持ってくるように何十回も繰り返した。ルイーズも最初のうちは、忘れた、明日は持ってきますと言っていた。ミリアムは、ジャックについても、何年も前からたまっているらしい借金についても訊いてみた。こうした金銭的な問題について娘のステファニーは知っていたのかどうかも。相手の気持ちを思いやりながらやさしく接してきたつもりだったが、ルイーズはかたくなに沈黙を通していた。「立場をわきまえているのだ」とミリアムは思った。ふたつの世界の境界線を守るためのひとつの手段なのだと。そこでミリアムは介入するのはやめた。同時に、自分の好奇心のせいで、数日前から弱っている、消えかかりそうにもろい体のルイーズの健康をますます損ねたのではないかと思って恐ろしくなった。人々の胸のうずきが漂う裁判所の薄暗い廊下で、ミリアムは重く、深い憔悴感に襲われ、無力を感じていた。

今朝、ポールは再びミリアムに電話をかけてきた。和解を求めるやさしい口調で、軽々しく反応したことを謝り、真剣に取り合わなかったことを詫びた。「きみの望むようにしよう」と繰り返した。「こんな状態でルイーズに続けてもらうわけにはいかない」そして、例によって現実的な事情を優先してこう付け加えた。「夏を待とう。バカンスに出て、戻ってきたら、もう本当に彼女は必要なくなったことを告げるんだ」

ミリアムは確信を持てぬまま、弱々しい声で返事をした。ルイーズが病気で数日休んだあとに姿を見せたときの、子どもたちの喜ぶ顔が頭に浮かんだ。ミリアムをじっと見つめたルイーズの悲しそうなまなざし、青白い顔。「もう二度とこんなふうに休むことはしません。お約束します」という不明瞭で少しばからしいとも思える謝罪の言葉、義務を果たせなかったことに対する羞恥心、こうしたことが次々と思いだされた。

もちろん、終わりにすればいいだけの話だ、ここですべてやめればいいのだ。しかしルイーズは自宅の鍵を持っている。なんでも知っている。あまりに深く日常生活に入りこんでいるために、もはや追いだすことなどできないのではないか。追い払ったとしても彼女は戻ってくるだろう。お引き取りくださいと言ってもドアに体当たりして入ってくるだろう。傷つけられた恋人のように、脅してくるだろう。

ステファニー

ステファニーはまたとない幸運に恵まれた。地元のパリ郊外の中学に上がろうとしているとき、ルイーズの雇い主だったマダム・ペランが、パリ市内の評判のいい学校に入学する手はずを整えてくれたのだ。マダム・ペランは、感心なまでによく仕事をするルイーズに同情して、何か自分にできることがあればと思ったのだった。

しかしステファニーはこの寛大な気持ちに善意で応えることができなかった。中学の最終学年に入って数週間というときに、厄介なことが起きた。ステファニーは授業を妨害し始めたのだ。突然、笑いだしたり、モノを投げたり、先生に向かって卑猥な言葉を発したり。他の生徒たちは彼女をおもしろがりながらも、その存在に疲れてもいた。連絡帳に書かれた注意、警告、校長からの呼び出しもすべて母親のルイーズには隠していた。授業をさぼるようになり、お昼前から大麻を紙で巻いたジョイントを吸い、十五区の公園のベンチに寝転がって過ごすようになった。

ある晩、マダム・ペランはヌヌを呼びだして深い絶望を伝えた。彼女は裏切られたと感じていた。校長先生はマダム・ペランの長時間に及ぶ説得に耳を傾けたすえ、彼女に花を持たせてあげようとステファニーを受け入れてくれたというのに、その校長先生に対して面目をすっかり失ったうえに大恥をかかされたと言った。一週間後、ステファニーは懲罰委員会に呼びだされ、そこにはルイーズも同席を余儀なくされた。「裁判のようなものです」とマダム・ペランは言った。「あの子を守るのはルイーズ、母親であるあなたですよ」

その日、午後三時にルイーズと娘は指定された部屋に入った。青と緑の大きなガラス窓から教会を思わせる光が円形の室内に差しこんでいたが、暖かくはなかった。教師、監査役、生徒の親の代表を含め十数名が木製の大きなテーブルについていた。ひとりひとり順番に発言した。「ステファニーは社会的不適応者だ、規律を守ることのできない無礼者だ」「意地悪な子ではないが、いったん騒ぎが始まると誰も手をつけられない」これだけ重大な事態になっているのに、母親がまったく介入してこなかったことに皆一様に驚きを見せた。教師たちからの呼びだしにも一度も応えず、携帯に電話をしてメッセージを残しても折り返し電話がかかってくることはなかった。

ルイーズは、もう一度だけ娘にチャンスを与えてやってほしいと懇願した。自分は子どもたちの面倒はしっかり見ているし、言うことを聞かないときには厳しく罰しているし、宿題をしながらテレビを観ることも禁止していると言って、涙ながらに弁明した。さらに、子どもたちのしつけには自分なりの主義を持っていること、長年の経験があることも付け加えた。マダム・ペランから、これは裁判だ、裁かれるのは母親、できの悪い母親だと予告されていたのをルイーズは忘れていなかった。

寒さのせいでコートを着たまま木製の大きなテーブルを囲んでいる先生たちがうなずきながら口々に繰り返した。「努力はしていらっしゃるでしょう。そんなことは疑ってはいませんよ。私たちはみな、あなたが最善を尽くしていらっしゃると思っています」

きゃしゃな体型の国語の先生が尋ねた。

「ステファニーには何人兄弟姉妹がいるんですか?」

「おりません」とルイーズは答えた。

「でも、先ほど、子どもたちが、と言いましたよね?」

「はい、私が面倒を見ている子どもたちです。毎日、預かっている子どもたちです。雇い主は私のしつけの仕方にとても満足してくれています」

審議のために、ルイーズとステファニーは一時退出を求められた。ルイーズは立ちあがるとひとりひとりに微笑みかけた。上流社会の女性はそうするだろうと思ったのだ。バスケットボールの練習場に面した廊下で、ステファニーは相変わらずへらへらしていた。太りすぎの大きな図体が、頭のてっぺんでポニーテールにまとめた髪のせいで滑稽に見える。プリント模様のぴったりしたパンツが太腿を巨大に見せている。会議中もその厳粛な雰囲気に臆することもなく、単純に退屈しているようだった。怖がるどころか、ださいモヘアのセーターとマフラーを巻いたおばあちゃんのような先生たちのことを単なる大根役者とみなしているかのように、ステファニーはしたり顔でへらへらと笑っていた。

授業が終わった生徒たちが教室から出てくると、ステファニーは虚勢を張りたがる劣等生よろしく上機嫌になり、男子生徒たちに飛びかかってみたり、笑いをこらえる恥ずかしがりの女の子の耳元で何かささやいたりした。ルイーズは横っ面をひっぱたき、全身の力を込めて体を揺さぶってやりたくなった。ステファニーのような娘を育てるのにどれほどの努力と屈辱を払わなくてはいけないか理解させたかった。汗と苦悩に鼻を突っこませ、のんきで心配ひとつしない胸ぐらをひっつかんでやりたかった。いつまでも成長しないでいる子どもっぽさを粉々に打ち砕いてやりたかった。

廊下を覆う騒々しさの中、ルイーズは必死に震えを抑えていた。娘の太い腕をつかむ指にますます力を込め、静かにさせることでなんとか自分を抑えていた。

「お入りください」

主任教師が扉から顔を出して、ルイーズとステファニーに元の席に戻るよう合図をした。審議がまとまるまでに十分もかからなかったが、ルイーズにはそれが悪い兆候であるとは知る由もなかった。

母娘が先ほどまでいた場所に腰かけると、主任教師が口火を切った。ステファニーは集団内の秩序を乱す不穏分子である、すべての教師が知恵をしぼり、彼女を更生させようとつとめたが、失敗した。ありとあらゆる教育方法を試み、どんなに努力をしても無駄だった。やるだけのことはやった。それぞれの教師にはそれぞれの生徒に対する責任があり、ステファニーひとりのためにクラス全体を犠牲にするわけにはいかない。そして締めくくるようにこう付け加えた。「おそらく、ステファニーは自宅近くの学校へ行ったほうが自分の力を発揮できるのでは。自分らしい、慣れた環境で、ということです、おわかりですね」

三月。冬が長引いていた。それどころか、日々、寒さが増していくようだった。「もし手続きにサポートが必要でしたら、そのための者がおりますので」と、進路指導員がルイーズを安心させようとして言った。ルイーズはすぐには理解できなかった。ステファニーは追放されたのだ。

帰宅するバスの中、ルイーズは口を閉ざしていた。ステファニーは耳にイヤフォンを突っこみ、窓の外を眺めながらくすくす笑っていた。ジャックの家に向かう灰色の坂道をのぼり、マルシェの前を通りすぎるとき、ステファニーが足を止めて商品を覗きこんだ。ルイーズは娘の無頓着さ、思春期のエゴに憎しみを覚えた。娘の袖をつかみ、信じられないような力を込めて乱暴に引っぱった。敵意のこもった、燃え盛るような怒りがこみ上げてくるのを感じて、娘のだぶついた皮膚に爪を食いこませてやりたくなった。ま
ルイーズは玄関の扉を開け、後ろ手に閉めるが早いか、娘をめった打ちし始めた。まず背中を叩いた。げんこつで思い切り殴ると娘は床に投げだされ、体を丸めて叫んだ。それでもルイーズは叩くのをやめない。強大な力を宿したちいさな手がステファニーの顔に容赦なく叩きつけられた。母親は娘の髪を引っぱり、頭を守ろうと交差させた腕を力ずくで広げ、目元まで攻撃し、ののしり、そして血が出るまで殴った。ステファニーが抵抗をやめてぐったりすると、ルイーズは顔に唾を吐きかけた。
騒ぎを聞きつけたジャックは窓に近寄り、ルイーズが娘を折檻《せっかん》しているのを見たものの、ふたりの間に割って入ろうとはしなかった。

沈黙と誤解はありとあらゆるものに感染していった。アパルトマンの中の雰囲気は重苦しいものになっていた。ミリアムは子どもたちにはいかなるそぶりも見せないよう気をつけていたが、ルイーズとは距離を置いていた。明確な指示を与えるだけで、話す必要のあるときは最小限の会話に留めた。「ルイーズはぼくらの友達じゃない、使用人なんだから」と繰り返すポールのアドバイスに従った。

キッチンで一緒にお茶を飲むこともなくなった。ミリアムはテーブルの前に腰かけて、ルイーズは作業台に背をもたせかけて飲んだ。「ルイーズ、あなたは天使のような人ね」「あなたのような人はふたりといないわ」といったやさしい言葉はもう一切、口にしない。以前は金曜の夜になると、「子どもたちがテレビで映画を観ている間、私たちだって楽しむ権利があるわね」と言って冷蔵庫の奥で眠っているロゼをふたりで飲んでしまいましょうと誘ったものだが、それもしない。今は、ひとりが扉を開ければ、もうひとりが閉める。ふたりが同じ部屋にいる時間はめったになくなり、巧みにお互いを避け合うようになっていた。

　そして春がやってきた。思いがけず、燃え盛るように明るい春が。日が延びて、樹々は最初のつぼみをつけ始めた。晴天はこれまでの習慣を一掃し、ルイーズを子どもたちと一緒に公園へと押しだした。ある晩、ルイーズはミリアムにうわずった声で、「約束があるんです」と言って、早く帰らせてほしいと頼んだ。

　ルイーズとエルヴェは彼の仕事場のある界隈で待ち合わせて映画館に行くことになった。エルヴェは本当はカフェテラスでおしゃべりをしながら飲んでいたかったが、ルイーズがどうしても譲らなかった。結局、エルヴェも映画をとても気に入って、翌週も同じものを観に行ったが、上映中、エルヴェはルイーズの横でこっそり居眠りをしていたのだった。

　ルイーズはやっとのことで、グラン・ブールヴァールのパブのテラスで一杯飲むことを受け入れた。エルヴェは幸せな男だとルイーズは思った。彼は未来について、にこにこしながら話した。ヴォージュ山脈の近くへふたりでバカンスに出かけよう。湖で水着も着けず、裸のままで泳ごう。知り合いがオーナーをやっている山小屋に泊まろう、そしてずっと音楽を聴いていよう。自分のコレクションを聴かせてあげよう。そのうち、きみもこの音楽なしでは生きていけなくなるくらい気に入るはずだ。エルヴェは定年になったら、その後の人生をひとりで過ごそうとは思っていない。離婚してから十五年になるが、子どものいない彼にはすでに孤独の寂しさがのしかかりつつあるのだ。

　エルヴェはあの手この手を使って、苦労のすえに、ルイーズに彼の部屋に来ることを承諾させた。ある晩、エルヴェはマッセ家の建物の目の前にある「パラダイス」という名のカフェで彼女を待っていた。ふたりは一緒にメトロに乗り、エルヴェは赤味がかった手をルイーズの膝に乗せた。ルイーズは、男の手に視線を落としたまま彼が話すのを聞いていた。何かを始めようとしている手、もっと何かを欲しがっている手を。彼のやり口を隠している、控えめな手を。

　ふたりは、彼が彼女のうえになって、ありきたりのセックスをした。時折、あごとあごがぶつかった。ルイーズの体に覆いかぶさっているエルヴェがうなり声を上げるのを聞いて、ルイーズはそれが快感なのか関節が痛いのかわからなかったが、助けようともしなかった。小柄なエルヴェのくるぶしがルイーズのくるぶしに当たった。分厚くて、体毛に覆われたくるぶしは、ルイーズにとって、自分の体が受け入れている彼の性器よりも、招かれざる客のように違和感をもって感じられた。ジャックは大柄で、セックスはまるで体罰のように荒々しかった。エルヴェはこのセックスで目的を達成し、重荷から解放されたように、ルイーズに対してさらに馴れ馴れしくなった。

　サン・トゥアンの適正家賃住宅《HLM》の一室、エルヴェが横で寝ているベッドのうえで、ルイーズは赤ん坊のことを考えた。生まれたてほやほやの熱気が漂う、ちいさな、ちいさな赤ん坊。愛に身をゆだねてすやすや眠る赤ん坊。淡いパステル調のロンパースを着せて、自分の腕からミリアムの腕へ、そしてポールの腕に抱かれる赤ん坊。三人を再び寄り添わせ、以前のようなやさしさで結びつけてくれる乳飲み子。誤解も不和も消え去り、日常には再び意味が生まれるだろう。お船や島がくるくると回る常夜灯だけに照らされたちいさな部屋で、何時間でも膝に抱いてあやしていよう。産毛のうっすらと生えた頭をやさしくなでて、赤ん坊の口の中に、そっと自分の小指を入れよう。そうすると赤ん坊は泣きやんで、ふくらんだ歯茎で、マニキュアを塗った指をしゃぶるだろう。

翌日、ルイーズはポールとミリアムのベッドメイキングをいつも以上に念入りにした。今ではルイーズの心の中では確信となっている、生まれてくる赤ん坊の形跡を探して、夫婦がセックスをした跡がないかシーツを手でなぞってみる。ルイーズはミラに、ちいさな弟か妹が欲しくないかと訊いてみた。「ふたりで一緒に面倒を見る赤ちゃんよ、どう思う？」ルイーズはミラが母親に赤ちゃんが欲しいとねだるのを期待しているのだ。そうすれば母親は子どもたちにとって弟か妹ができるのはいいことだと思い、実現に向けて努力し、そして妊娠するだろう。

ある日、ミラは母親に、ルイーズが目を輝かせている前で、ママのお腹の中には赤ちゃんがいるのかと訊いた。

「いないわよ、むしろ死んでるわ」ミリアムは笑いながら答えた。

ルイーズはよくないと思った。ミリアムがなぜ笑うのか、なぜ子どもの質問を軽々しく扱うのかが理解できなかった。災いを払いのけるためのジンクスか何かなのだろうが、無関心を装ったのだ。ミリアムはそれ以上のことは考えていないようだった。九月になればアダムも幼稚園に通うことになる。家の中は空っぽになり、ルイーズは何もすることがなくなってしまう。冬の長い日中の時間を埋めるためにも、どうしても、もうひとり子どもが必要だ。

ルイーズは夫婦の会話に耳をそばだてる。広いとはいえないアパルトマンだから、わざわざ聞き耳を立てなくても自然とふたりの話は耳に届いてしまう。ただ最近は、ミリアムがひそひそ声で話すようになった。電話で話すときにはドアを後ろ手に閉め、ポールに話しかけるときには彼の肩にあごを乗せてこそこそ話す。ふたりには秘密があるようだ。

ルイーズはこれから生まれてくる子どものことをワファに話した。赤ん坊の誕生によって手にする喜びと、さらなる仕事について。「三人子どもがいたら、私なしではやっていけないわ」ルイーズは有頂天だった。束の間の、漠然としたものではあるけれど、純粋な愛と飽くなき欲望に満ちて、人生がぐんと大きく広がっていく予感がした。目の前に迫っている夏、家族でのバカンスのことを考えた。掘り返された土の匂い、道路に落ちて腐ったオリーブの実の匂い。月明かりのもと、たわわにしなう果物の樹々。そこには包み隠すことなど何もない。

また料理に励もう。ここ数週間、ルイーズが作った料理は食べられるようなしろものではなかった。ミリアムのためにシナモン味のリ・オ・レやスパイスの利いたスープをこしらえよう。妊娠しやすくなると言われているすべての料理をこしらえよう。ルイーズはメスの虎のようにミリアムの体を観察した。肌の明るさ、胸のふくらみ、髪の輝きなど、どこかしらに妊娠した兆候が現れていないか、穴の開くほどしげしげと見つめた。

洗濯物は女司祭かブードゥー教の魔女のごとき集中力で扱った。洗濯機はいつも空にしておく。ポールのパンツを干す。ミリアムのショーツや繊細なレースのブラジャーはキッチンの流しで手洗いし、冷たい水で流すことにこだわった。ルイーズは祈りを唱えた。

しかしルイーズは失望させられてばかりだった。ゴミ箱を探るまでもなく、ルイーズは何ひとつ見逃さなかった。ミリアムが寝ている側のベッドのしたに投げ捨てられたパジャマについている赤い染みひとつに至るまで。今朝はバスルームの床にちいさな赤い染みを見つけた。あまりにちいさな点だったので、ミリアムは拭くことさえしなかったのだろう。緑と白のタイルのうえで血液は乾いていた。

ミリアムの生理はやむことなく訪れた。ルイーズはこのにおいをかぎわけ、血を見分けた。ミリアムがルイーズに隠すことのできないこの血は、毎月、子どもの死を意味していた。

有頂天のあとには失意の日々が待っていた。世界は狭まり、縮こまり、体を押しつぶしそうなくらい重くのしかかってきた。ポールとミリアムは扉を閉ざしていた。ルイーズはその扉をなんとかして突き破りたかった。彼女の望みはひとつ。彼らと一緒に暮らしたい、あの家に住みたい、犬小屋でも巣穴でも、とにかく暖かい場所が欲しい。時々、自分の居場所を確保できそうだと感じ、心が高揚しても、すぐに突き落とされるような悲しみにとらわれ、何かを信じた自分が恥ずかしくなる。

ある木曜の夜八時頃、ルイーズが帰宅すると、家主が廊下で待ち構えていた。切れたまま放置されている電球のしたに立っていた。「ああ、やっと会えた」ベルトラン・アリザールはルイーズに飛びかからんばかりだ。彼が携帯の画面をルイーズの顔に向けると、光を当てられたルイーズはとっさに手で目をおおった。「あなたを待っていたんですよ。夜に午後に、何度来てもあなたはいたためしがない」彼は甘い声を出して、彼女に触れようと、腕を取ろうと、耳元でささやこうとでもするように、ルイーズに上半身を突きだしてみせた。まつ毛のない、目やにのついた目で彼女をじっと見て、チェーンのついたメガネを上げて目をこすった。

ルイーズはひと間だけのアパルトマンの扉を開けて彼を中に通した。ベルトラン・アリザールはベージュ色の大きすぎるズボンをはいていた。ルイーズがうしろからこの男をよくよく眺めると、ベルトがふたつも穴に通っていないためにズボンがお尻のうえでたるんでいる。背中の曲がった弱々しい老人が巨人の服を盗んで着てきたように見えた。はげ上がった頭、そばかすに覆われた皺の深い頬、小刻みに震える肩、すべてが無害に見えるが、唯一、化石のように厚みのある爪の、かさかさした大きな手、殺し屋がしめしめとこすり合わせるような手だけは違う。

この部屋に入るのがまるで初めてのように、彼は黙ったまま、一歩一歩、中へ進んだ。壁を点検し、真っ白な横木に指で触れた。マメだらけの手でソファーのカバーをさすり、メラミン化粧板のテーブルの表面をなで、ありとあらゆるものに触れた。家主の目には人が住んでいるとは思えないような空虚な空間に映った。借家人に対して何かしら指摘をしたかった。家賃を滞納したうえに、部屋の管理もできていないと文句を言いたかった。しかし室内は、彼が初めて彼女に見せた日のままで、何ひとつ変わっていなかった。椅子の背もたれに片手を乗せた格好で立ったまま、彼はルイーズを見つめて待った。穴のあくほどじっと目を凝らしている。たいしたものは見えなくなった黄色い目だが、目を伏せるつもりはないようだ。家主は彼女が口を開くのを、バッグの中から家賃を取りだすのを、自ら進んで、彼が残したメッセージにも返事をしなかったことを詫びるのを待っている。しかしルイーズは口を閉ざしたままだ。扉に背を向けて、なだめようとすると噛みついてくる臆病な小型犬のように立っている。

「段ボール箱が積んであるところを見ると、引っ越しの準備を始めたようですな、よかった」アリザールは太い指で入り口を指差した。「次の入居者がひと月後にやってくるのでね」

彼はゆるゆると数歩進むと、シャワールームの扉をゆっくり押した。陶器の受水盤が床に沈みこむように落ちこんで、したで支えていた板が腐って折れている。

「これは？　一体、何事ですか？」

家主はかがみ込んだ。もごもごつぶやくと、ジャケットを脱いで床に置き、メガネを掛けた。ルイーズは彼の背後に立っている。

アリザールは振り向き、大きな声で繰り返した。

「何が起こったのかと訊いているんです」

ルイーズはビクッとして後ずさりした。

「わかりません。何日か前にこんなふうになってしまったんです。古いんだと思います」

「古い？　とんでもない。私が自分でシャワーを設置したんですよ。あなたは運がいいと思うべきでしょう。以前は共同だったんですよ、廊下に出て、みんなで使っていたんだ。それを私が、たったひとりで、この部屋にシャワーを取りつけたんだ」

「壊れたんです」

「使い方を間違ったせいでしょう、そうに違いない。シャワーを壊したのはあなただ。なのに、修理は私持ちですよ、そんなことさえ考えなかったんですか？」

ルイーズはアリザールをにらみつけた。彼にはこの女の険しいまなざしと沈黙の意味がわからない。

「なぜ私に電話してこなかったんですか。いつからこんな状態で生活しているんですか」アリザールは額に汗をかきながら再びしゃがんだ。

　ルイーズは、この部屋は疲労困憊したときに休みにくる隠れ家でしかないことを、この男に話すつもりはない。自分の生きる場所は他にあるのだと伝えるつもりはない。ルイーズは毎日、ポールとミリアムのアパルトマンでシャワーを浴びている。夫婦の寝室で裸になり、脱いだ服を夫婦のベッドのうえに丁寧に置く。裸のまま居間を通ってバスルームに向かう。アダムが床に座って遊んでいるが、その前を通りすぎていく。ルイーズはアダムがばぶばぶ言っているのを見ながら、この子が秘密を暴露することはないと心の中でつぶやく。太陽にほとんど当たってこなかった肌の白さ、パールのような胸について、彼女の体について、何も言わないとわかっている。

アダムの声が聞こえるように、シャワールームの扉は開けたままにしておく。点火して蛇口をひねり、お湯を浴びる。じっとして動かずに、できるだけ長く、熱い湯に打たれて過ごす。すぐには着替えない。ミリアムが山のように持っているクリームに指を突っこみ、ふくらはぎ、太腿、腕をマッサージする。真っ白なタオルに身を包み、裸足のままアパルトマンを歩く。彼女のタオル。タオルが積み重ねてある棚の一番したに隠してある、自分専用のタオル。

「問題に気づいていながら解決しようとも思わなかったわけですね。それではまるでロマのような生き方を望んでいるようなものだ」

パリ郊外にある、ひと間だけのアパルトマン。彼はこの部屋を感傷的な理由から維持している。シャワーの前にかがみ込んだままの姿勢で、アリザールは深刻ぶって両手をおでこに当ててため息をつき、大袈裟なことをつぶやいている。指先で黒いカビに触れると、事態の深刻さを推し量れるのは自分だけだと言わんばかりに頭を横に振った。そして大きな声で修理にかかる費用を口にし始めた。「八百ユーロはかかるでしょうな。最低でも」さらに、大工の知識をひけらかすように専門用語を並べ立て、この惨状を回復させるには少なくとも二週間は必要だと豪語した。いまだに口を開かずにいるブロンドのかわいい女を圧倒しようとしているのだ。

この女は敷金でなんとかしようとしているんだな、と彼は思った。入居に際し、彼はルイーズに保証金として二ヶ月分の家賃を払わせた。「こんなことを言うのは悲しいが、人を信用できない世の中なものでね」家主としての記憶にある限り、これまで二ヶ月分の家賃で補塡しきれたためしがない。誰ひとり用心深い者はいない。どこかしらに傷や染みを残していくのだ。

アリザールはビジネスのセンスがある。彼はかつて三十年もの間、フランスとポーランドを大型トラックで往復していた。トラックの中で寝て、食事らしい食事もとらず、いかなる誘惑にも負けずに仕事に励んだ。休憩時間をごまかし、使わなかったお金を勘定しながら自分を褒めたたえ、将来、金持ちになることだけを信じて身を粉にして働ける自分に満足していた。

こうして節約して貯めたお金で、毎年、彼はパリ郊外にワンルームの部屋を見つけだしては購入し、改装していった。住まいを自由に選べない人たちの弱みにつけ込んで、目が飛びでるような家賃で貸し、毎月月末にはすべての物件を自ら回って賃料を集める。戸口に頭を突っこんで中を覗き、時には、「ちょっと失礼」「何も問題がないかどうか見せてもらいますよ」と言って無理矢理中に入ることもある。家主はぶしつけな質問までするが、借家人は早く帰ってほしい、キッチンから出ていってほしい、棚の中まで覗きこむのはやめてほしいという一心で、いやいや答える。それでも彼は居座る。仕方なく借家人が飲み物を勧めると、家主は快諾してちびちびと時間をかけて飲みながら、不意に背中の痛みの話など始める。「三十年トラックの運転手をしているとね、背中がやられちゃうんですよ」などと言って話しこんでいくのだ。

彼は女性に部屋を貸すのが好きだ。女性のほうがきれいに使ってくれるし、問題も少ない。ことさら女学生、未婚の母、離婚した女性を優遇するが、腰を落ちつけて家賃を払わない年老いた女性たちは別だ。彼女たちはいつも法に照らして自分たちに権利があると主張するからだ。そしてある日、ルイーズがやってきた。寂しそうな微笑みを浮かべ、ブロンドの髪で、呆然とした様子で。ルイーズはかつてこの部屋を貸していたアンリ・モンドール病院の女性看護師の推薦でやってきたのだった。この女性はいつもきっちりと家賃を支払っていた。

くだらない感傷にほだされたのだ。ルイーズには頼る人が誰もいなかった。子どももいないし、夫は亡くなって埋葬されたという話だった。ルイーズは彼の目の前に、札束を抱えて立っていた。白い襟のついたブラウスを着た彼女のことを、かわいらしいと思った。彼女は感謝の念のこもったまなざしで彼を見つめていた。「ずっと具合が悪かったんです」と小声で言ったその瞬間、無性に彼女を質問攻めにしたくなった。夫が亡くなってから何をしていたのか、出身はどこか、どんな病気で苦しんでいたのか。しかし彼女は口を開く暇を与えなかった。「パリで仕事を見つけたんです。とてもいい家族です」そして会話は終わった。

今となってはベルトラン・アリザールの頭には、口もきこうとしない怠慢な借家人を一刻も早く追いだすことしかない。これ以上だまされるのはご免だ。彼女の言い訳、逃げ隠れ、延滞も我慢できない。なぜかわからないが、ルイーズのまなざしにはぞっとさせられる。謎めいた微笑み、厚化粧、高圧的なまなざし、かたくなに結んだままの唇、彼女の何かに嫌悪を覚えるのだ。彼が微笑みかけても、一度として笑みを返してきたことがない。新しいジャケットを着ても、お粗末な赤毛の前髪を横でわけても気づきもせず、何も見ようとしない。

アリザールは洗面台に向かい、手を洗ってから言った。「一週間後に必要な工具と職人をひとり連れてきますからね。引っ越しの用意を終わらせておいてくださいね」

ルイーズは子どもたちを散歩に連れだす。剪定《せんてい》された樹々、青さを取り戻した芝生が近所の学生たちで埋めつくされているいつもの公園で、午後の時間をたっぷり過ごす。ブランコの周りで遊ぶ子どもたちは、ほとんどお互いの名前さえ知らないのだけれど、再会を喜んではしゃいでいる。とはいえ、子どもたちにとって何より大事なのは、真新しいおもちゃ、幼い女の子が自分の赤ちゃんを乗せたミニチュアのベビーカー、仮装でもしているような新しい服だ。

ルイーズはこの地区に友達はひとりしかいない。ワファ以外の人とは話をしない。微笑みかけ、控えめに手で挨拶するだけだ。ルイーズがこの地区にやってきたとき、他のヌヌたちは彼女を敬遠した。昔々スペインで若い女性の行動を監督していた付き添いの女か執事、あるいはイギリスの看護師のような雰囲気に戸惑いを感じたからだ。ルイーズの高慢な態度と上流階級の女のような滑稽な立ち居振る舞いには嫌悪感を覚えた。ルイーズは道徳の先生のつもりなのか、横断歩道で他のヌヌたちが耳に携帯を当てておしゃべりに夢中になるあまり子どもの手を引くのを忘れていたりすると、見逃すことができず注意する。人のおもちゃを盗んだり手すりから転げ落ちたりする子どもを見ると、見張っていないおとなたちに罪悪感を持たせるために、これ見よがしに子どもたちを直接、叱りつけることもある。

毎日のように何時間も同じベンチで過ごしているうちに、数ヶ月も経つとヌヌたちはお互いを知り合い、無意識のうちに、オープンエアの事務所の同僚になったような気持ちになっていくものだ。公園以外でも、毎日、幼稚園が終わると顔を合わせ、スーパーマーケットや小児科のクリニックや駅前のメリーゴーラウンドですれ違う。ルイーズは何人かのヌヌの名前と生まれた国を覚えている。どこの建物の家庭で働いているのか、雇い主の仕事がなんなのかも知っている。半分しか咲いていないバラの木のしたに座り、この女たちがチョコレート味のビスケットをかじりながら、携帯でとめどなくおしゃべりするのを聞いているからだ。

シーソーや砂場の周りではコートジボワールのバウレ語、ナイジェリアやコンゴの人たちが使うジュラ語、アラビア語、ヒンズー語が飛び交い、フィリピン語やロシア語で愛をささやく声が聞こえる。世界の果ての言葉は、両親が嬉々として繰り返す片言の赤ちゃん言葉に影響する。「あの子、アラビア語を話してる、ほんとだって、ほら、聞いて」そして時の流れとともに、子どもたちは忘れてしまう。そして、目の前からいなくなったヌヌの顔や声は次第に記憶から消え去り、家の中の誰もリンガラ語で「ママ」はなんと言うのかも、やさしいヌヌがよくこしらえてくれていたエキゾチックな料理の名前さえ覚えていない。「あの肉の煮込み、なんて言うんだっけ？」

母親たちは自分の子どもの服のラベルかどこかしらに名前を書いて混乱を避けているが、公園で遊ぶ子どもたちは、同じような店で買った同じような服を着ているので、みんな同じように見える。それに反して、子どもたちを取り囲むのは、それぞれに個性を持った女性たちだ。黒いベールで顔を覆った若い女性たちもいて、彼女たちは他のヌヌたちより時間に正確で、よりやさしく、より清潔にしている。毎週、カツラを替える女性もいる。フィリピンの女性たちは英語で子どもたちに、水たまりで飛びはねないでと懇願する。何年も前からこの地区を熟知して、幼稚園の園長先生とも友達のように話す古株たちもいる。彼女たちはかつて面倒を見た、今は思春期を迎えた子どもたちと道ですれ違うこともあるが、彼らはヌヌだと気づいても挨拶はしてこない。恥ずかしいからだ。新参者もいて、中には数ヶ月だけ働いて、さよならも言わずに姿を消し、よからぬ噂と疑惑だけを残していく者もいる。

ルイーズについては、ヌヌたちはほとんど何も知らない。彼女と親しいように見えるワファでさえ、ルイーズの人生にはあまり入りこまないようにしている。ヌヌたちは最初の頃はルイーズにあれこれ質問しようと試みた。肌の色の白いヌヌは珍しく、興味をそそったからだ。雇い主であるミリアムと夫は、彼女が料理上手であること、いつ何時でも雇い主のために時間を割いてくれる柔軟性を自慢し、ルイーズを全幅の信頼を置けるヌヌのお手本のような女性とほのめかした。ヌヌたちは、そこまで完璧らしいこの細い女性は一体、何者なのだろうと思った。ここに来る前は誰の家で仕事をしていたのだろう。パリのどのあたりにいたのだろう。結婚してる？　仕事を終えて帰宅したときに待っている子どもはいる？　雇い主は彼女に対して正当に振る舞っている？

ルイーズは答えない。答えたとしても曖昧に。ヌヌたちは彼女が沈黙を貫くわけも理解できる。みんなそれぞれ人には言えない秘密を持っているのだ。膝が震えるような恐ろしい記憶、屈辱、嘘を隠しているのだ。電話の向こう側からやっとのことで聞こえてくる、遠く離れた国で暮らす人の声、とぎれとぎれの会話、死にゆく人たち、二度と会わなくなった人たち、母親のことも知らず、顔も声も忘れてしまった病気の子どものために日々要求されるお金。ルイーズは、盗みを働いているヌヌがいるのも知っている。とはいえ、ほんのつまらないもの、他人の幸せのために徴収される税金のように、なんでもないものをくすねているだけだ。本名を隠しているヌヌもいる。誰ひとりとして、警戒心を解かないルイーズを恨むつもりはない。お互いに用心し合っている、ただそれだけのことだ。

この公園では、自ら身の上話をしようとする女性はめったにいない。話したとしても匂わせる程度だ。涙がこぼれそうになってしまうのがイヤなのだ。ヌヌたちの会話が盛り上がるのは、実は、雇い主たちの噂話をするときだ。ヌヌたちはそれぞれの雇い主の癖や習慣、暮らし方についておもしろおかしく話しては大きな声で笑う。ワファの雇い主夫婦は異常にケチで、アルバの場合は恐ろしいまでに警戒心が強い。ジュールという名の男の子の母親はアルコールの問題を抱えている。雇い主たちの多くが、子どもたちとたまにしか会わないこともあって甘やかし放題にしているために、他でもない自分の子どもたちから好きなように操られていることに不平をこぼしている。褐色の肌をしたフィリピン人のロザリアはチェーンスモーカーで、「この間、この子の母親に通りでばったり会って驚いた。あたしのことを見張っているのよ」と雇い主を警戒している。

子どもたちが砂利のうえを走り回り、市役所がネズミ駆除したばかりの砂場で遊んでいる間に、ヌヌたちはこの公園を求職や組合、苦情処理や情報交換の事務所がわりにしている。ここでは求人情報が流れ、雇う側と雇われる側の争いが話し合われる。彼女たちは、自称「会長」の女性、リディに話をしにくるのだ。背が高く、偽物の毛皮のコートを着て、眉毛を赤いクレヨンで描いている、五十歳のコートジボワール人だ。

午後六時になると若者たちがこの公園にたむろしにくる。このあたりではよく知られた輩《やから》だ。北駅のダンケルク通りからやってきて、子どもたちの遊び場の端っこに壊れたパイプを置いていったり、鉢植えに放尿したり、喧嘩を売ってきたりする。ヌヌたちは彼らの姿が見えると大急ぎでコートを引っかけ、砂のついたシャベルを拾い、ベビーカーにバッグを掛けて帰途につく。

女性の軍団は公園を横切り、モンマルトルやノートルダム・ドゥ・ロレット方面に向かう者、ルイーズとリディのようにグラン・ブールヴァールに向かう者とに分かれて歩きだす。アダムとミラの手をつないでいるルイーズは、新生児が寝ているベビーカーを押すリディと並んで歩き、歩道が狭くなるとリディを先に行かせた。

「そうそう、昨日、妊娠している若い女性があたしのところに相談に来たの。八月に双子が生まれるんだって」とリディは言った。

まじめで思慮深い母親たちは、かつて船着き場や裏通りのどん詰まりに女中や運搬係を探しにきたように、理想的なヌヌを見つけるためにこの公園にやってくる。母親たちはベンチの周りを歩きながらヌヌを観察する。ヌヌの太腿に駆け寄り、しがみついたときの子どもたちの表情、ティッシュで子どもに鼻をかませるときのヌヌの乱暴な手つき、転んだ子どもを慰めるときの顔つきなどをしげしげと見つめる。質問をしてくることもある。母親たちは調査をしているのだ。

「その女性はマルティール通りに住んでいて、出産は八月末の予定。誰かいないかって探していたから、あんたはどうかと思って」とリディは言った。

ルイーズは人形のような目を上げた。リディの声が遠くに聞こえた。彼女の声は頭に響いたけれど、言葉として認識されることも、この混沌から意味が浮かびあがってくることもなかった。ルイーズはアダムを腕に抱き、ミラの脇のしたをつかんだ。ルイーズは子どもたちに神経を集中していて自分の声が聞こえなかったのだろうと思ったリディは大きな声で繰り返した。

「どう？　彼女にあんたの電話番号を教えようか？」

ルイーズは返事をしない。はずみをつけ、黙ったまま勢いをつけて足を踏みだし、行く手をはばむ格好となっていたベビーカーを乱暴に押しのけた。ベビーカーは倒れ、中で寝ていた赤ん坊は火がついたように泣き始めた。

「ちょっと何すんのよ、どうかしてるんじゃない！」リディは叫んだ。買い物カゴの中身が排水溝にぶちまけられた。ルイーズはすでに遠ざかっていた。コートジボワール人の周りに人が集まり、歩道に転がったオレンジを拾ったり、汚水に浸かったバゲットをゴミ箱に捨てたりした。みんな赤ん坊を心配したが、幸い無事だった。

リディはのちのち、この日起こった信じられない出来事を何度もみんなに話して聞かせ、誓ってみせた。「違う、事故なんかじゃない、あの女がベビーカーを倒したの。わざとやったのよ」

子どもに対する妄想がルイーズの頭の中で空回りしていた。もうそれしか考えられなかった。新しく生まれてくる赤ん坊。一心不乱に愛することになるだろう赤ん坊。今、目の前にあるすべての問題を解決する糸口となる赤ん坊。ミリアムが妊娠すれば、公園に集まる意地悪女たちの口を封じることができる。おぞましい家主もおとなしくなり、彼の理想郷にルイーズの居場所を確保してくれるだろう。ルイーズは、ポールとミリアムはふたりの時間が作れないのだと確信していた。ミラとアダムの存在が赤ん坊の到来をはばんでいるのだと。夫婦がふたりきりになれないのは、子どもたちのせいだ。あの子たちのわがままや気まぐれに疲れ果て、アダムの眠りが浅いせいでふたりはセックスも早々に切り上げなくてはならない。アダムとミラが両親にまとわりついて泣いたり甘えたりしていなければ、ポールとミリアムはルイーズのために赤ん坊を作れるはずだ。この赤ん坊を、ルイーズは狂信的な人々のような激しさで、取り憑かれた人々のような盲目さで望んでいた。これまでルイーズは、これほどまでに何かを欲しいと思ったことはなかった。この願いが叶えられるものならば、彼女と彼女の欲望を満たすための障害になるものすべてを封じこめ、燃やし、消滅させることもできるほど、痛みを覚えるほど切望していた。

ある晩、ルイーズはじりじりしながらミリアムの帰宅を待っていた。ミリアムが扉を開けてアパルトマンに入ってくるなりルイーズは目を輝かせ、飛びつかんばかりの勢いで近寄った。ミラと手をつないで立っているヌヌは、何かに集中して緊張しているようだった。飛びあがったり叫び声を発したりしないように、踏ん張っているようにも見える。ルイーズはこの瞬間のことを朝からずっと考えていたのだ。自分の計画は完璧に思えていた。あとはミリアムが自分のアイデアに賛同し、夫のポールの腕に飛びこむだけだ。

「今夜は子どもたちをレストランに連れていきたいんです。そうすれば、ご主人とふたりでゆっくりできるでしょう」

ミリアムはソファーにバッグを置いた。ルイーズはそれを目で追い、ミリアムの息づかいが肌で感じられるほど近づき、寄り添うように立った。ミリアムはルイーズにそんなことは考えなくていいと言いたかったが、「いいでしょ？　いいでしょ？」と答えを待ちわびている子どものような目をして、ヌヌは全身に待ちきれなさと興奮を抱えて立っている。

「どうしようかしら、予定していなかったし。別の日にしたほうがいいんじゃないかしら」ミリアムはジャケットを脱ぎながら寝室へ足を向けた。が、ミラが母親を引きとめた。ヌヌの完璧な共謀者として子どもが登場した。ミラは甘ったれた声で、「ママ、お願い、いいでしょ。ルイーズと一緒にレストランに行きたいの」と言った。

ミリアムは結局、娘の懇願に屈した。食事代は払うと言ってバッグの中から財布を取りだそうとするミリアムをルイーズが制した。「お願いです、今夜は私に子どもたちを招待させてください」

ルイーズは太腿に当たっているポケットに手を入れて、時折、指先でお札に触れながら、子どもたちを連れてレストランまで歩いた。おもに学生や三ユーロのビール愛好者たちが集まるこのビストロにはあらかじめ目星をつけておいた。しかし今夜はほとんど人が入っていなかった。けばけばしいプリントの赤いシャツを着た中国人オーナーが蛍光灯の光に照らされたカウンターのうしろに座っているのが見える。ソックスを太い足首のところで丸めてはいて、ビールを飲んでいる女性と話しこんでいる。テラスでは男性がふたりタバコを吸っている。

ルイーズはミラの背中を押してレストランの中に入った。ホールにはタバコの吸い殻と煮込み料理と汗の臭いが充満しており、ミラは吐き気を催した。口には出さなかったが、とてもがっかりしていた。腰かけると、がらんとしたホールをにらむような目で見回した。汚い棚のうえにはケチャップとマスタードの瓶が並んでいる。ミラはこんなものは想像していなかった。きれいな女の人たちがいて、音楽や恋人たちの声がざわめく店内を思い描いていた。それなのに、ミラは、べたつくテーブルにぐったり倒れこむようにして、カウンターのうえに備えつけられたテレビの画面をじっと見つめていた。

アダムを膝に乗せたルイーズは注文を取りにきたギャルソンに、私は食べたくないんですと言った。「あなたたちの代わりに私が選ぶわ、いいわね」ルイーズはミラに返事をする間も与えず、ソーセージとポテトフライを頼み、「この子たちは分け合って食べますから」と付け加えた。中国人は返事もそこそこに両手でメニューを回収してカウンターに戻っていった。

ルイーズはグラスワインだけ注文して、それをちびちびと飲んでいる。やさしい声でミラに話しかけ、何か話をしようとしたり、家から持ってきたお絵描き用の紙とクレヨンをテーブルに置いてみたりした。しかしミラはお絵描きもしたくないし食欲もなくなってしまい、料理にほとんど手をつけていない。ベビーカーに戻されたアダムはちいさなこぶしで目をこすっている。

ルイーズは通りに面したガラス窓と自分の腕時計、通りを行き交う人とオーナーが肘を突いているカウンターを交互に眺めている。爪をかじり、微笑むと、すぐまた彼女のまなざしはうつろになった。手で何かしていたかった。気持ちをひとつのことに集中させていたかった、しかし、今の彼女はガラスのかけらのようにもろく、心は小石を詰めこんだように重かった。ルイーズは、目に見えないパン屑を集めて冷たいテーブルの表面を滑らかにでもするように、手を丸くしてテーブルのうえに滑らせた。頭の中に、それぞれまったく関連性のない、複数の曖昧なイメージが広がった。記憶を後悔へと結びつけ、見覚えのある顔を果たされることのなかった夢に結びつけながら、それは次から次へとスピードを増して流れていく。散歩に連れだしてもらった病院の中庭のプラスチックのにおい。明るくはじけるようで、同時に息苦しくもあるステファニーの笑い声。ハイエナのような笑い。忘れていた子どもたちの顔。指先でなでた髪のやわらかさ。バッグの底でぱさぱさになり、チョークのような味がするのにそれでも食べたリンゴのパイ。家主のベルトラン・アリザールの声も聞こえる。嘘をつく声、ルイーズに指示し、忠告し、居丈高に命令する声。その声が他の人たちの声と入り交じり、確かイザベルという名前だった女性執行官のやさしい声も聞こえてくる。

ミラを慰めたくて微笑みかけた。ルイーズには、この幼い少女は泣きだしたいのだとわかっている。気まずさを覚えて、胸をふさがれているときのミラの表情をルイーズはよく知っている。我慢していることにも気づいている。ミラはこの年齢ですでに、抑制、慎み、ブルジョワ階級の礼儀を身に付けている。同じ年頃の子たちにはない注意力も備えている。ルイーズは二杯目を注文し、ワインを口に運びながら、テレビの画面を見つめるミラのまなざしを観察した。子どもの仮面のしたに隠された母親の表情がはっきりと見てとれた。幼い少女の無意識のしぐさには、芽生えたばかりの、女性特有の神経質な一面、雇い主の邪険さが表れていた。

中国人が空になったグラスと半分以上残っている皿を下げにきて、罫線の入った紙に殴り書きした勘定書をテーブルに置いた。ルイーズはそれでも動こうとしなかった。時間が過ぎ、夜が深まるのを待っている。ミリアムとポール、夫婦だけのゆったりした時間、静かなアパルトマン、ルイーズが用意してテーブルのうえに置いておいたディナーを楽しんでいる様子を想像している。子どもが生まれる前のようにキッチンで立ったまま食べただろう。ポールが妻にワインを注いで自分のグラスを飲み干すと、ミリアムの肌のうえに手を滑らせる。ふたりは笑っている。愛し合うとき、お互いを欲し合うとき、ふしだらを楽しむとき、笑い合う。彼らはそんな夫婦だ。

ルイーズがやっと立ちあがり、子どもたちを連れてレストランを出た。ミラはほっとした。重いまぶたを抱えた彼女は今すぐ家に帰り、ベッドで横になりたかった。アダムはベビーカーで寝ている。ルイーズは毛布を掛け直した。日が暮れたとたんに、うずくまっていた冬が顔をもたげ、服のしたに忍びこんできたようだった。

ルイーズはミラの手を取り、子どもの姿が完全に消えたパリの街をゆっくりとさまよい始めた。グラン・ブールヴァールの劇場や人であふれかえるカフェの前を歩き、ますます暗く、狭くなっていく道を通り、時折、若者たちがゴミ箱にもたれかかってジョイントを吸っているようないかがわしい広場を横切った。

ミラには見覚えのない通りばかりだった。黄色い光が歩道を照らしている。目に入る建物、レストランのどれも、自分の家からはとても遠いように思えて、ミラは不安げな目でルイーズを見上げた。安心できる言葉を待っている。ひょっとしてサプライズが待っているの？　しかしルイーズはひたすら歩き続ける。沈黙が破られるのは、「さあ、おいで」と言うときだけ。石畳のうえを歩きすぎて足が痛い。不安でお腹が締めつけられるが、不満を口にすれば状況を悪化させるだけだと子ども心にもわかっている。わがままはなんの役にも立たないと気づいている。モンマルトル通り。ミラはバーの前でタバコを吸っている女たちに目を奪われた。ハイヒールを履いている女たち。しゃべる声が大きすぎて、店主から「近所の人たちがいるんだぞ、少しは黙ってろ！」と邪険にあしらわれている女たち。ミラにはもう目印となるものがひとつもなくなってしまった。自分がどこにいるかわからない。先ほどいたレストランと同じ街にいるのかどうか、今いる場所から自分の家は見えるのか、パパとママは自分の居場所を知っているのか、何もわからない。

突然、ルイーズが人でにぎわう通りの真ん中で足を止めた。空の方を見上げて、壁に押しつけるようにベビーカーを止め、ミラに訊いた。

「何味がいい？」

カウンターのうしろで男がけだるそうに子どもが選ぶのを待っている。ミラは背が低すぎて並んでいるアイスクリームが見えない。背伸びをして覗きこみ、そして、おそるおそる答えた。

「イチゴ」

片方の手をルイーズに預け、もう片方の手でアイスクリームを握りしめ、ミラは深夜の通りを折り返した。舐めるたび、冷たいアイスクリームのせいで頭が痛くなった。苦痛を追いやろうと目をきつくつむり、つぶしたイチゴの味と、歯にはさまるつぶつぶに神経を集中させようとした。空っぽの胃にアイスクリームは重い塊のように落ちていく。帰途はバスに乗った。ミラはいつもバスに乗るときにはそうするように、チケットを機械に入れてもいいかと聞いた。しかしルイーズは、「夜はチケットは必要ないの」とぴしゃりと言った。


アパルトマンの扉を開けるとポールがソファーに寝そべっていた。目を閉じてCDを聴いている。ミラが父親に向かってまっしぐらに走り、腕の中に飛びこんで冷たい頬を父親の首に押しつけた。まるで一人前の娘のように、こんなに夜遅くまでレストランで楽しんでくるなんて、とポールはミラを叱るふりをした。ミリアムはお風呂に入って早々に休んだのだという。「仕事で疲れてへとへとだったんだろう。帰ってきたときにはもうベッドで寝ていたよ」

ルイーズは突然、悲しみに襲われた。今夜のルイーズのすべての努力が泡と消えた。寒い思いをして足が痛くなるまで歩き回り、なけなしのお金まで使い果たしたというのに。それなのに、ミリアムは夫の帰宅を待つこともなく寝てしまった。

子どもと一緒にいるとき、おとなは孤独を感じるものだ。子どもは世の中の事情などまったく気にしない。厳しさや卑劣な面をうっすらと感じとっても何も知ろうとしない。ルイーズが話しかけても子どもたちはそっぽを向く。子どもたちの手を握り、体をかがめて目線を合わせても、すでに他のところを見ている。何か別のものが目に入ったからだ。ルイーズの言うことを聞かなかった言い訳になるおもしろいものを見つけたからだ。子どもたちは不幸な人々に同情するふりさえしない。

ルイーズはミラの隣に座っている。幼い少女はうずくまるような姿勢で絵を描いている。ミラは紙とサインペンがあれば一時間は集中していられる。細かいところまで丁寧に、注意深く色を塗っていく。ルイーズはミラの横に腰かけて、様々な色が紙のうえに広がっていくのを見るのが好きだ。オレンジ色の家の芝生の庭に、巨大な花が咲いていくのを静かに見守っているのが好きだ。庭にはひょろりと伸びた体に細長い手をした人々が寝転んでいる。ミラは空白を一切、残さない。雲、空飛ぶ車、きらきら輝く空を

巨大な人を指差して訊き返した。

埋める風船。
「これは誰？」とルイーズが訊いた。
「これ？」ミラは紙の半分以上を占めて寝そべっている巨大な人を指差して訊き返した。
「ミラよ！」

ルイーズはもはや子どもたちに救いは見出せない。彼女が話して聞かせるお話はしょっちゅう立ち往生し、そのたびにミラに指摘される。お話に登場する神秘的な人物は新鮮さも生気も失ってしまった。今ではどの登場人物も闘いの目的も意味も忘れ、物語は輝きの失せたプリンセスや病んだドラゴンたちの、めちゃくちゃで、言葉がブツ切れの堂々巡りでしかない。自分勝手な独り言のような話を子どもたちはまったく理解できず、イライラをつのらせる。「別の話をしてよ」ミラがどんなに頼んでもルイーズには見つけられず、流砂にはまりこんだようにしどろもどろになってしまう。

ルイーズは前ほど笑わなくなった。お馬さんごっこやクッションの投げっこにも覇気がない。それでもルイーズはふたりの子どもたちが大好きで、何時間でも観察していられる。いたずらやへまをしてヌヌに許してもらいたいとき、ヌヌに助けてほしいと思っているときの子どもたちのまなざしに触れると、ルイーズは泣きたくなってしまうほどだ。とりわけ、アダムがひとつのことを成し遂げて、見た？　ぼくひとりでこんなことできたよ、と言わんばかりに嬉しそうにルイーズを振り返るときの様子がたまらなく好きだ。ルイーズに、彼女だけに、彼女ひとりだけに向けられている何かを子どもたちのしぐさの中に感じとれる瞬間が好きだ。頭がくらくらするまで子どもたちの無邪気さと興奮をむさぼっていたい。子どもたちが生まれて初めて何かを見るとき、何かを理解するとき、ルイーズは子どもたちの視線で一緒になって発見したい。あらかじめ考えることもせず、いずれは飽きてしまうという現実も忘れて、子どもたちと同じように、これが永遠に繰り返されると望んでいたい。

ルイーズは一日中テレビをつけておくようになった。すさまじい映像のドキュメンタリー、ばかげたトークショー、ルイーズにはよくわからないゲームの番組。パリでテロが起きてから、ミリアムは子どもたちにテレビを観せるのを禁じているが、ルイーズは気にしない。ミラは、テレビで観たことを両親に言ってはいけないし、「包囲」「テロ」「殺し」といった言葉を口にしてはいけないとわかっている。ミラは食い入るようなまなざしで、黙ったまま画面に流れる情報を観る。耐えられなくなると、弟のところにいく。一緒に遊び、喧嘩になる。ミラが弟を壁に押しやると、弟はわめいて姉の顔に飛びかかる。

ルイーズはそれでも振り返らない。視線を画面に釘付けにしたまま、微動だにしない。ヌヌは公園に行くのを拒否するようになった。他の家での仕事を提案されたことで屈辱を受けたと感じているのだ。他のヌヌたちにも、年老いた隣人にも会いたくない。子どもたちはイライラしてアパルトマンの中をぐるぐる歩き回り、ルイーズに懇願し続ける。外に出て友達と遊びたい。通りの先にある店でチョコレート味のゴーフルを買ってもらって食べたいのだ。

ルイーズは子どもたちの叫び声にイライラし、彼女もまたわめきたくなる。鳥のさえずりのような子どもたちのおしゃべり、甲高い声、繰り返される「どうして？」にへとへとになり、彼らの自分勝手な欲望に頭が爆発しそうになる。「あしたっていつ？」ミラは何百回も訊いてくる。ルイーズは今では泣きついて頼みこまなければ歌も歌わなくなった。お話も、ゲームも、おかしな表情さえも、子どもたちが何でもかんでも、もう一度、とせがんでくることにルイーズはもう耐えられなくなっていた。子どもたちの泣き声、わがまま、ヒステリックな喜びをもう寛大に受けとめられない。時折、アダムの首に指を押しあて、意識を失うまで揺すりたくなったが、すぐさま頭を振ってその考えを振り払った。恐ろしい考えは追いやることはできても、それでも、どんよりした陰鬱な気分が消えることはなかった。

《誰かが死ななければならない、私たちが幸せになるためには、誰かが死ななければならない》

おぞましいリフレインが、通りを歩くルイーズにささやきかけてくる。彼女が作りだしたのではない、意味を理解しているかどうかも定かではないこのフレーズが頭に住みついてしまった。彼女の心は強ばってしまった。歳月の流れの中で、心の殻が分厚く、冷たくなり、これまではなんとか打ち破ろうと闘ってきたが、ルイーズを感動させるものはもう何もなくなってしまった。もう誰も愛せなくなってしまったと自分でも気づいている。心に満ちていたやさしさはすべて使い果たしてしまった。彼女の手はもう触れるものがない。

そのせいで自分は罰せられるのだろうとルイーズは思った。愛することができない罪で罰せられるのだろうと。

その午後の写真がある。現像はされていないが、携帯かPCか、どこかに入っている。写っているのはおもに子どもたちだ。アダムは半分裸で草むらに寝転んでいる。大きなブルーの目で、ぼんやりと、幼児期にしては郷愁を帯びたまなざしで横のほうを見ている。一枚の写真には、チョウチョのプリントの白いワンピースを着て並木道を裸足で走るミラが。別の写真には、アダムを腕に抱き、ミラと手をつないでいるポールが写っている。ミリアムはレンズの反対側にいた。この瞬間を捉えたのはミリアムだ。夫の顔は少しぼやけていて、アダムの片足で笑顔が半分隠れている。ミリアムも笑っている。子どもたちに不動でいるように言うつもりはない。一瞬でいいからばたばたするのをやめてほしいだけだ。「写真を撮るから、お願いね」

ミリアムは子どもたちの写真が好きだ。機会が訪れるたびに何百枚と撮っては、寂しくなると眺める。メトロの中で、アポとアポの合間に、仕事の会食の最中でさえ、携帯の画面に指を滑らせることがある。楽しい瞬間を写真に撮って残し、過去の幸せの証拠として留めておくのは母親のつとめと考えている。いつかミラとアダムに、ほら、と言って見せる日がくるだろう。ミリアムが思い出を次々と語れば、写真がかつての感覚を呼び起こし、その場の雰囲気やちょっとした詳細まで蘇るだろう。子どもははかない幸せ、束の間の夢のようなもの、辛抱でしかない、と人からよく言われた。永遠に変貌していくものだと。まん丸の顔は気づかぬうちにおとなびてくる。だからこそ、ほんの少しでも時間を見つけて、ミリアムにとってもっとも美しい景色である子どもたちを携帯の画面に映しだしてみるのだ。

その日は、ポールの友達のトマが、彼の田舎の家で一日過ごすようにと誘ってくれたのだった。彼は作曲活動と重度のアルコール依存症の治療のために田舎にひきこもって生活している。庭の奥ではポニーを育てている。アメリカ人女優のようなブロンドの毛をした、脚の短い、現実離れしたポニー。トマ自身もどこからどこまでが自分のものなのか境界線がわからない庭に、ちいさなせせらぎが流れている。

子どもたちは草のうえでお昼ご飯を食べた。ミリアムとポールはロゼを飲んでいたが、トマも我慢しきれずに、「仲間だからいいだろ？　つまらない文句はつけないでくれよ」と言って、いつも飲んでいる箱入りのワインを取りだしてきてテーブルに置いた。

トマには子どもがいない。ミリアムもポールも、ヌヌや子どもたちのしつけ、家族のバカンスの話で彼をうんざりさせるつもりはなかった。五月の気持ちのいい一日を楽しむために、ここ最近の気掛かりなど忘れようと思った。ふたりの心配事など、どこにでもあるささいな不安、ほとんど気まぐれのようにさえ思えてきた。彼らの頭には未来の計画、花開こうとしている幸せしかない。ミリアムは、九月になればパスカルから共同経営者になるよう打診されると確信していた。そうなれば取り扱う案件を自分で選び、骨折り損の仕事は研修生に任せられる。ポールは妻と子どもたちを眺めながら、一番大変な時期は終わった、あとは最高の時が来るだけだと、心の中でつぶやいていた。

駆け回り、ゲームに興じ、素晴らしい一日を過ごした。子どもたちはポニーの背中に乗ったり、リンゴやニンジンをあげたりした。一度として野菜が育ったことはないものの、トマが菜園と呼んでいる一画の雑草取りも手伝った。ポールはギターを抱えてみんなを笑わせた。会話が途切れて静かになると、トマが歌い始め、ミリアムがコーラスをつけた。子どもたちは目を丸くして、いつもはまじめなおとなたちが知らない言葉で歌っているのを見ていた。

帰宅する時間が来ると、子どもたちはわめき始めた。アダムは床を転げ回って帰らないと言った。疲れ果てているミラもトマの腕の中でしゃくりあげた。車に乗せるとふたりともすぐに眠りこんだ。ミリアムとポールは口を閉じたまま、アブラナの花が一面に咲く畑に沈みゆく夕日をぼんやりと見ていた。褐色の太陽は、サービスエリアもシルバーグレーの風力発電機も工業地帯も、ほんの少し詩的に見せていた。

事故のせいで高速道路は大渋滞だった。頭がおかしくなりそうなポールは高速を降り、したの国道を通ってパリに戻ろうと決めた。「GPSを信じて進むしかないな」車は鎧戸を閉めた一戸建てが並ぶ薄暗い通りを突進した。ミリアムは無意識のうちにまどろんでしまった。黒ダイヤモンドをちりばめたような樹々の葉っぱが、街灯のしたで輝いている。ミリアムはポールもつられて寝てしまうのではないかと心配になって、時折、目を開けたが、ポールが大丈夫だよと言ってくれるとまたうとうとした。

ミリアムはクラクションの音で目覚めた。眠気とロゼの飲みすぎのせいでまだ朦朧《もうろう》としている頭で薄目を開けると、車が立ち往生していた。「今、どこ?」ミリアムが訊いてもポールも知らないので返事をせぬまま、何が原因で動かないのか、前進を妨げているのは何なのか理解しようとその一点に集中している。ミリアムは横を向いた。もし正面の歩道に見慣れたルイーズのシルエットを見つけなければ、また目を閉じてしまうところだった。

「見て」ミリアムはルイーズのいる方向に腕を向けながら言った。しかしポールは渋滞で頭がいっぱいだ。なんとか抜けだせる方法はないか、Uターンできないかと考えている。あらゆる方向から集まってきた車が身動きできなくなっている交差点に入りこんでしまっていたのだ。スクーターは車と車の間をすり抜け、歩行者は車のマフラーすれすれを歩き、車は信号が赤から青に変わっても動けずにいる。

「ねえ、見て。ルイーズじゃないかしら」ミリアムは体を少し浮かせて、交差点の向こう側を歩いている女性の顔をよく見ようとした。窓を開けて名前を呼ぶこともできたが、ばからしいことに思えた。ヌヌはどうせ聞こえないだろう。ミリアムはルイーズのシニヨンにまとめたブロンドの髪、軽やかだけれど小刻みに震えるような、誰にも真似のできない歩き方を眺めた。ヌヌは商店の並ぶこの通りを、ゆっくりとショーウィンドーを覗きこみながら歩いているようだった。するとミリアムの視界からルイーズが消えた。彼女の小柄な体は、笑いながら腕を大きく動かして進む一団の陰に隠れてしまったのだ。しばらくしてルイーズの姿は反対側の歩道に現れた。暗闇のせいで非現実的な様相を呈しているパリの、少し色あせた昔の映画のシーンの中にでもいるようだった。相変わらず白い襟のついたブラウスと丈の長すぎるスカート。ルイーズは、出演する作品を間違えて、その罰としてずっと舞台をさまよっているように言われた役者のように、周囲から完全に浮いて見えた。

ポールが荒々しくクラクションを鳴らすと、子どもたちがハッとして目を覚ました。ポールは窓から腕を出して後方を確認すると、毒づきながら、勢いよく直角にハンドルを切った。ミリアムは、急いでいるわけではないし、そんなふうに怒ってもなんにもならないから無茶はしないでと言いたかった。どこか物悲しい気持ちになって、ミリアムは、街灯の光に包まれ、ぼんやりとしたまん丸の月のようなルイーズに目をやった。これから渡ろうとしている車道と歩道の境目で何かを待っているルイーズの姿を、自分の視界から消えていくまで目で追った。

ミリアムは前方に向き直ってシートにうずくまるように深く座った。まるで、大昔の知り合いか若い頃の恋人と出くわして、古い思い出が蘇ってきたように胸がざわついた。もし本当にルイーズだとしたら、どこに行くのだろう、何をしているのだろう。ミリアムは車のガラス窓越しに、ルイーズのことをもっともっと見ていたかった。住み慣れた地区からあまりに遠いこの歩道で偶然ルイーズを見かけたことで、ミリアムの中に突然、激しい好奇心が生まれた。自分たちと一緒にいないときのルイーズは何者なのか、このとき初めて、自ら、想像しようとしたのだった。

母親がヌヌの名前を口にしたのを聞きとめたアダムが、窓の外を見た。

「ぼくのヌヌ！」アダムは指差しながら大きな声で言った。自分のアパルトマンではない場所を歩いていること、手をつないでいる子どももおらず、ベビーカーも押さず、ルイーズがひとりでいるなんておかしいとでも言いたげに。

「ルイーズはどこに行くの？」とアダムが訊いた。

「おうちに帰るのよ」ミリアムは答えた。「自分のおうちに」

ニーナ・ドルヴァル警部は、ストラスブール大通りの自宅の部屋のベッドで目を開けたまま横たわっていた。雨の多い八月。パリはがらんとして、夜はひっそりしている。明朝七時半、毎朝、ルイーズが子どもたちのもとに通っていた時間に、オトヴィル通りのアパルトマンの封印を解き、殺害現場の再現をすることになっている。ニーナは予審判事、検事、弁護士たちに、「ヌヌの役は私がやります」と伝えた。誰も反対する者はいなかった。ニーナは誰よりもこの事件をよく知っている。ローズ・グリンベルグからの一報を受けて真っ先に現場に到着したのがニーナだったのだ。かつての音楽教師は叫んだ。「ヌヌです、ヌヌが子どもたちを殺しました」

あの日、女性警部が建物の前に車を停めたのは、救急車が発進した直後だった。至近距離の病院に女の子を搬送するところだった。サイレンの音、救急隊の緊迫した動き、警官たちの青ざめた顔に興奮した野次馬がすでに道をふさいでいた。通りがかりの人たちは誰かを待っているふりをしながら、何があったのかと訊き合ったり、パン屋の店先や建物の玄関前で身動きせずに立ち止まっていた。ひとりの男が腕を伸ばして建物の写真を撮ろうとするのを、ニーナ・ドルヴァルが制止した。

階段で、ニーナは子どもたちの母親を避難させる救急隊とすれ違った。被疑者は意識を失ったまま、まだうえの部屋にいた。手には白い刃のちいさなセラミックナイフを握りしめていた。「裏の扉から出して」とニーナは命令した。

部屋に入り、ひとりひとりに役割を指示していった。たっぷりした白いつなぎを着た科学班が仕事をしているのを確認してからバスルームに入ると、ニーナは手袋を外して浴槽にかがみ込んだ。濁って冷たい水に指先をつけると輪っかが広がり、水面が揺れて、おもちゃの海賊船が波に押しやられた。底に向かって何かに引っぱられているようで、なかなか手を出せずにいた。肘まで、さらに肩まで水につけた。そのとき、ひとりの捜査官が入ってきて、袖を濡らしているニーナに向かって、鑑識を行うので出ていってほしいと言った。

ニーナ・ドルヴァルは唇にボイスレコーダーを押しあてて、アパルトマンの中をゆっくり歩いた。室内を細かく描写し、石けんと血のにおい、ついていたテレビ番組の名前を録音していった。どんなささいなことも漏らさずに吹きこんだ。ドラム式の洗濯機の開いたままの扉からはシャツが飛びだし、流し台は汚れた皿であふれ、子どもの服は床に散らばっていた。食卓に置かれたピンク色のプラスチックの皿には、昼ご飯の残りがこびりついていた。シェルマカロニとハムのかけらを写真に撮った。あとになって、この事件について調べていくうちに、ルイーズはきれい好きでよく仕事をすることで評判の伝説的なヌヌであったと聞かされ、ニーナはアパルトマンの荒れ果てた状況を思い、心底、驚かされた。

出張先から戻ってくるポールを迎えにいかせるために、ヴェルディエ警部補を北駅に送りこんだ。ヴェルディエならよく心得ているだろうとニーナは思った。経験のある男だ。適切な言葉を見つけ、ポールを落ちつかせることができるだろう。警部補は時間よりずっと早く駅に着いた。風を避けられる場所に陣取って、列車が次々と到着するのを見ていた。タバコを吸いたかった。乗客たちは乗り換えの列車に乗るためだろう、列車から降りるや一団となって駆けだしていく。警部補は汗をにじませた群衆、バッグを小脇に抱えて急ぐハイヒールの女たち、「通してください」と叫ぶ男たちを見ていた。そして、ロンドンからの列車が着いた。ヴェルディエはポールが乗っていた車両の近くで待機することもできたが、プラットフォームの端っこに留まることを選んだ。イヤフォンをして、こぶりのスーツケースを片手で引いている、今や子を失った父親となってしまった彼が自分のいる方向に近づいてくるのを見ていた。ヴェルディエはすぐには声を掛けにいかなかった。あとわずか数分でもいいから時間をあげたかった。果てしない夜に彼を放りだす前に、あと数秒でも平和な時間を残しておいてあげたかった。

ヴェルディエはついにポールに警察のバッジを見せ、一緒に来てくださいと言った。ポールは最初、何かの間違いだろうと思った。

一週間前、さらにその一週間前と、ドルヴァル警部は事件の流れをさかのぼっていった。昏睡状態に陥ったまま口を閉ざしているルイーズからは何も聞きだせない。人々の証言は、非の打ち所のないヌヌ、という点で一致している。それでもニーナは、必ず「盲点」を見つけだす、と自分に言い聞かせていた。扉のうしろに隠されている、謎に満ち、熱を帯びた子どもの世界で何が起こったのか、必ず解き明かしてみせると自分に誓った。ニーナはワファをパリ警視庁、通称「36《トラントシス》」に呼んで尋問した。この若い女性は泣いてばかりで、ひと言もまともに言葉を発することができず、しまいに女性警部は辛抱しきれなくなった。ワファに向かって、あなたの状況、身元証明、仕事の契約書、ルイーズとの約束事、ルイーズの世間知らずな一面などどうでもいいと言い放った。知りたいのは、あの日、ルイーズに会ったかどうか、その一点だと。ワファはその日の午後、アパルトマンに行ったと話し始めた。呼び鈴を鳴らすと、ルイーズは扉をうっすらと開けた。「まるで何かを隠しているようでした」しかし、アルフォンスが走りだし、ルイーズの足の間をすり抜け、パジャマ姿のままだった子どもたちと一緒にテレビの前に座った。「そのすきに、あたしはルイーズを説得しようとしました。外に出ようよ、散歩しようよって。お天気もいいし、子どもたちが退屈するからって」ルイーズは一切、耳を貸そうとしなかった。「あたしのことを部屋に入れようともしなかったので、アルフォンスを呼んで、すごくがっかりしてましたけど、ふたりだけで散歩に出たんです」

しかしルイーズはアパルトマンに留まっていたわけではなかった。ローズ・グリンベルグは断言した。昼寝をする一時間前に建物の一階のホールでヌヌに会ったと。殺人の一時間前。ルイーズはどこから戻ってきたのか？　どこに行ったのか？　どのくらいの時間、彼女は外に出ていたのか？　刑事たちはルイーズの写真を手に聞き込みを始めた。近所のありとあらゆる人々に尋ねて回った。時間潰しのために作り話をする嘘つきは黙らせる必要があった。警部たちは、近くの公園や「パラダイス」という名前のカフェに行き、フォブール・サン＝ドニ大通りのパッサージュを歩き、商店街の人々にも訊いて回った。こうしてついに、スーパーマーケットに設置されている監視カメラにたどり着いた。警部は少なくとも千回はこの録画を見直した。ルイーズがスーパーの棚から棚へと歩くその静かな足取りに、吐き気を催すまで目を凝らした。ルイーズの手、ちいさくてきゃしゃな手、その手が牛乳のパック、ビスケット、ワインのボトルをつかむのを観察した。録画された映像の中で、子どもたちは売り場からまた別の売り場へと走り回っているが、ヌヌは子どもたちのその動きを目で追ってはいない。アダムは棚に並べられたパックをなぎ倒し、カートを押している女性の膝に体当たりしている。ミラは高いところにある卵型のチョコレートをつかもうと飛びはねている。それでもルイーズは口を開くことも、子どもたちの名前を呼ぶこともせず、落ちつき払った様子でいる。ルイーズがレジに進むと、キャッキャと笑いながらヌヌに駆け寄ったのは子どもたちのほうだ。ふたりはルイーズの足にまとわりつき、アダムはスカートのすそを引っぱるが、ルイーズは無視している。イライラしているようには見えないが、それでも女性警部は、ルイーズの口元がわずかにひきつり、人目を忍ぶようなまなざしに苛立ちが表れているのを見逃さなかった。ルイーズは、おとぎ話に出てくる二面性を持った母親、子どもたちを森の暗闇に置き去りにする母親に似ていると思った。

夕方四時、ローズ・グリンベルグは窓の鎧戸を閉めた。ワファはいつもの公園まで歩いてベンチに腰をおろした。エルヴェは仕事を終えた。ルイーズがバスルームに向かったのはこの時間だ。明日、ニーナ・ドルヴァルはルイーズの行為を再現する。自分の息子たちがまだ幼かった頃、お風呂に入れるときにいつもしていたように、蛇口を開き、流れでる湯に手をかざし、温度を調節する。そして言う。「さあ、いらっしゃい、お風呂に入るわよ」

ポールには、アダムとミラはお風呂が好きだったかと尋ねなくてはならなかった。ふだん、洋服を脱ぐ前にいやがってぐずぐずしなかったかどうか。浴槽で湯につかりながら、おもちゃで遊ぶのが好きだったかどうか。「言い合いになったかもしれませんね」

女性警部は言った。「午後四時にお風呂に入ることに、ミラとアダムは疑問を抱いたと思いますか？　それともむしろ驚いたでしょうか」さらに、彼女はポールに凶器として使われたナイフの写真を見せた。調理用のナイフ。平凡だがちいさいので、ルイーズは手のひらにナイフの一部を隠せたはずだ。ニーナは父親に、このナイフの存在を知っていたかどうか尋ねた。彼らのものだったのか、それとも、ルイーズが買ったのか、彼女は前々からこの行為を企んでいたのか。「ゆっくり考えてくださって結構ですよ」ニーナは言ったが、ポールに考える時間は必要なかった。このナイフは、トマが日本からのおみやげとしてくれたものだ。ちょっと触れただけで皮膚に深い切り傷をつけてしまうほど刃先の鋭いセラミックナイフ。この刺身用のナイフをもらった代わりに、ミリアムはトマに一ユーロを渡した。災いを払いのけるための風習だ。「でも、調理には一度も使ったことがなかった。ミリアムは棚の高いところにしまっておいたんです。子どもたちの手の届かないところに置いておきたくて」

昼夜を問わぬ三ヶ月に及ぶ捜査、この女性の過去を三ヶ月間、集中して追いつめたことで、ニーナはルイーズのことを誰よりもよく知っていると思い始めていた。ニーナはベルトラン・アリザールを呼びだした。「36」の事務所の椅子に座り、彼は体を震わせていた。そばかすのうえを汗が流れていた。血なまぐさい話やむごいニュースは恐ろしくて大嫌いな彼は、警察がルイーズの部屋の家宅捜索をしたときも廊下で待っていた。

家具の引き出しは空っぽで、ガラス窓は汚れひとつなかった。警察は何ひとつ見つけられなかった。ステファニーの昔の写真一枚と、開封されていない封筒がいくつかあっただけだ。

ニーナ・ドルヴァルはルイーズの腐りかけた心に両手を突っこむように、彼女を見出すことに没頭した。彼女に関するすべてを知りたかった。ヌヌが罠にはまりこんだ沈黙の厚い壁も、げんこつを食らわせれば突き破れると信じた。ルヴィエ家の人々、フランク、マダム・ペランに話を聞いた。ルイーズが精神障害と診断されたアンリ・モンドール病院の医師たちにも捜査への協力を求めた。表紙が花柄模様のちいさな手帖を何時間もかけて読んだ。夜になると、孤独な子どもが必死に書き留めたようなねじ曲がった文字や見知らぬ人々の名前が夢に出てきた。ルイーズがボビニーの一軒家に暮らしていたときの隣人たちも見つけだした。いつも通っていた公園のヌヌたちにも質問をした。しかしルイーズの輪郭を浮かびあがらせることのできる人はひとりもいなかった。「こんにちは、こんばんはの挨拶だけ。それ以上はなし」特筆すべきことは何もなかった。

そして今、ニーナは、白いベッドに横たわる被告の姿を眺めている。看護師には部屋を出ていってほしいと頼んだ。老けた人形のような被告とふたりきりになりたかったのだ。眠りについた人形。しかし、首と手首には、ジュエリーの代わりに白く分厚い包帯が巻かれている。蛍光灯のもと、女性警部はルイーズの青ざめたまぶた、こめかみのあたりの根元が灰色になった髪、耳たぶのしたにある動脈がかすかに震えるのを見つめた。打ちのめされたこの顔から、皺の刻まれたかさかさの皮膚から、何かを読みとろうと試みた。ニーナは不動の体に触れはしなかったが、横に腰かけ、まるで寝ているふりをしている子どもにでも話すように声を掛けた。「聞こえているんでしょ、わかってるのよ」と。

ニーナ・ドルヴァルには経験がある。犯罪経過の再現には時として実態を明らかにする力が潜んでいる。ブードゥー教の儀式のように、あるいは、トランス状態が苦しみの中から真実を浮かびあがらせるように、新たな光を当てることで過去が明らかになることがある。いったん現場に立つと、魔法が作用し、詳細が現れ、ついに矛盾が解けることがある。明日、ニーナは、しなびた花束や子どもの描いた絵が入り口に供えられている、オトヴィル通りの建物に入っていく。ろうそくの横を通ってエレベーターに乗る。五月のあの日から何も変わっていないアパルトマン。誰も、何も取りにこない、身分証明書さえ置きっぱなしになっているアパルトマンが、おぞましい劇の舞台となるのだ。ニーナ・ドルヴァルは三回、扉を叩く。

そして、不快感の漂う、ありとあらゆるものに対する嫌悪に満ちた空間へと吸いこまれていく。洗濯機、汚いままの流し、箱から飛びだしてテーブルのしたでぐったりしているおもちゃ、天に向けられた剣、イヤリング、すべてに憎しみの立ちこめる部屋へ。

そしてニーナはルイーズになる。子どもたちのわめき声、泣き声、すべてをシャットアウトするために耳に指を押し込むルイーズに。寝室からキッチンへ、バスルームからキッチンへ、ゴミ箱から乾燥機へ、ベッドから玄関へ、バルコニーからバスルームへ。アパルトマンを動き回るルイーズになる。戻ってきてはまた仕事に取りかかるルイーズに。かがみ込み、つま先立ちになるルイーズに。棚に置かれたナイフをつかむ。窓を開け、片足をバルコニーに出す。一杯のワインを飲む。そして、言う。

「さあ、いらっしゃい。ふたりともお風呂に入るわよ」

訳者あとがき

　平日の夕方四時。パリ市内の住宅地近くの公園であれば、どんなに暑くてもどんなに寒くても見られる光景がある。大柄の体をゆさゆさと揺すりながら、大きな声で身振り手振りを交えながらちいさなベビーカーを押すカラフルなアフリカ人女性の列。お菓子らしきものが入った透明の容器をベンチのうえに並べて、それを囲んでおしゃべりに興じるアジア系の小柄な女性たちの一群。周りでは疲れを知らぬ幼い子どもたちが金切り声を上げながら走り回っている。

　この女性たちは子どもたちの母親ではない。肌の色も話す言語も違う母親たちに雇われているベビーシッターだ。フランスでは乳母を意味するヌーリス（nourrice）が子ども言葉となってヌヌと呼ばれている。

　そして五時近くになるとヌヌたちはそれぞれ子どもの名前を呼んで帰宅の準備を始め、またひとしきりしゃべってから、なまりの強いフランス語で「ア・ドゥマン！（また明日ね）」と声を掛け合って、特に急ぐ様子もなく、ゆったりとした歩調で雇い主の住まいへと帰っていく。

パリで暮らす若いカップルのほとんどが共働きと言われている。保育園も存在するが、長期的に平日子どもの世話を任せられ、家事の一部まで頼めるヌヌは圧倒的に人気だ。多国籍文化の根付いたパリにおいて、ヌヌとして人望が厚いのはアフリカ系だという。たくましい腕に抱かれ、たっぷりした腿のうえにおすわりしていると子どもは安心するのだろうか。何より、彼女たちは動作は多少緩慢でも、愛情深い。微笑みを絶やさず、目を離さず、一緒に遊び、ちょっとした怪我でも即座に必要な処置をし、乱暴なおとなたちや車から守り、一緒に笑い、心底かわいがる。ヌヌの仕事は、まずは両親から信頼を得たら、子どもには惜しみなく、我が子のように愛情を注ぐこと。雇い主である両親は、子どもを愛してもらうためにお金を払うようなものだ。

しかし、この愛情は少し特殊だ。ヌヌと子どもたちが本当の親子のように愛情を通わせていても、突然、終わりが訪れる。どんなに長くても子どもが小学校を卒業するときにはさよならをしなくてはならない。一緒に過ごす時間が長ければ長いほど、愛情が深ければ深いほど、この別れは両者にとって辛く、むごいものとなるだろう。

本書の著者、レイラ・スリマニは一九八一年モロッコの首都、ラバトで生まれた。母親が医師として仕事をしていた彼女の家には、生まれた頃から住み込みのヌヌがいて、小学校に上がる頃まで何人かのヌヌに世話をしてもらったという。第二の母という意味のアラビア語で彼女たちを呼び、ともすると実の母親以上になついて、甘えて、信頼していたのに、ある日突然、彼女の姿が消える。肉親のように慕っていた人が、結局は単なる使用人として去っていく。愛情には違いないのに常に曖昧さをはらんだこの関係が、レイラは幼い頃からずっと気になっていた。

レイラは十六歳のとき、勉学のために単身でパリにやってきて、大学卒業後はジャーナリストとして仕事をしながら作家を目指していた。結婚をして息子が生まれると、今度は自分がヌヌを雇った。幼い頃には目に入らなかった、雇用者と被雇用者の複雑な関係、その関係に潜む曖昧さとその変容、怒りや激しい憎しみさえも育みかねない社会階級の格差、不公平な視線など様々なものが見えてきた。ヌヌについて書きたいと思った。しかし、毎日同じことを繰り返すヌヌの単調な生活についてどのようにアプローチしたらよいのかわからなかった。そこに、二〇一二年、ひとつの三面記事が彼女の目に留まった。ニューヨークで働くプエルトリコ人の五十歳のベビーシッターが世話をしていたふたりの子どもを殺害したという。何年もの間、子どもを預かり、家族の一員のようにみなされていたベビーシッター。動機について訊かれても、自分でもわからないと繰り返すだけだったという。レイラはこの事件を機に本作を書き始める。

三面記事が発想の起点とはいえ、ジャーナリスティックな視点で事件に迫るのではなく、現実に起きた事件に端を発して登場人物を作り上げていった。これは純粋なフィクションである。

「赤ん坊は死んだ」というショッキングな一文から始まる導入部が、本作品の結末だ。著者は結末までの流れを、ミリアムとポールという若い夫婦、彼らよりずっと年上のルイーズという名のヌヌ、彼らを取り巻く人々の語りを差しはさみながら立体的に展開させていく。

舞台はパリの十区。二〇一五年十一月に起きたテロの現場からそう遠くない地区。文化度が高く、経済的にまあまあ恵まれている。昔からの住人たちとの交流はないのに、庶民的な場所に住むことをプライドにしているような人々。社会の多様性、反人種差別、肯定的な評価を良しとし、環境問題にも敏感なふりを装う、いわゆるボボ（ブルジョワ・ボヘミアン bourgeois bohème）と呼ばれる人々が好んで住む地区だ。

音響アシスタントの夫ポールと弁護士の妻ミリアム。この若い夫婦が、妻の仕事のために幼い子どもふたりを預けるうえで「厳選」したのは、ヌヌにしては珍しい白人のルイーズだった。ルイーズが月曜から金曜まで毎日朝早くから夜遅くまで家にいてくれるおかげで夫婦は仕事に専念できた。子どもの世話だけでなく家事全般に秀でたルイーズは快適な居住空間と美味しい料理で若い夫婦の心を鷲掴みにした。

ミリアムはルイーズにかけがえのない子どもたちを託し、深い孤独を抱えたルイーズはミリアムに心の拠り所、住処、金銭を求め、お互いになくてはならない存在となっていく。フランスの現代の若いカップルの成功は、〝忙殺されていること〟にあるとよく言われる。仕事に追われながらも流行の服に身を包み、子どもたちにもかわいい格好をさせ、週末には友達を家に呼んでディナーをふるまったり、長い休暇には旅に出たり、とにかくアクティブでいることが成功の印なのだと。とすれば、ミリアムとポールはサクセス・ストーリーまっしぐらと言える。ルイーズのおかげで。

勢いに乗っている夫婦はルイーズをギリシャでのバカンスに連れていく。ルイーズはそれまで見たこともない美しい景色に触れ、初めてミリアムとポールと日中の時間を共にし、幸せを味わい、この夫婦と離れたくないという思いを募らせる。一方、夫婦は「家族の一員」と口にはしながらも、ヌヌの辛い過去、孤独、不安などは知りたくない。人生の苦痛や不安を家に持ち込んでほしくない。夫婦は心の底では、雇う側と雇われる側、パトロンと使用人、という主従関係を崩さない。精神的にも経済的にも拠り所の欲しいヌヌには超えられぬ壁だ。人の目には理想的な関係が築かれているようでも、そこには誤解という怪物のようなむごたらしさが潜んでいるのだ。

母親のミリアムの心境も複雑だ。育児だけしているときには世の中から取り残されているように感じて落ち込み、いったん社会に出れば仕事と子どもたちの間で板挟みになり、子どもたちを人任せにしている罪悪感に苛まれる。
レイラ自身、「子どもは孤独を埋めてくれないとわかって、自分でもショックだった。人間というのはそう単純なものではないということを身をもって知った。母親となった瞬間から、どこにいてもそこは百パーセント自分の居場所ではないと感じるようになった。常に罪の意識を感じていた」と、育児で抱えている苦悩についてインタビューなどで語っている。ミリアムのように、やさしくてハンサムで仕事のできる夫がいて、かわいいふたりの子に恵まれ、自身も弁護士という輝かしい仕事を持っていても、しかも完璧なヌヌとの信頼関係を築いていても、一歩入りこんでみれば、絵に描いたような幸せな日々からは想像もつかない複雑さが隠されている。本書には、気まずさ、恥、罪悪感といった胸の内が目立つ。日常のあちこちに散らばっているこうしたちいさな心の痛み。口にはなかなか出せず胸の中に堆積していく苦悩を、レイラは自らの経験と重ね合わせて見事に浮かびあがらせている。忘れてしまいたいけれど真実として厳然と存在する。他人が入りこもうとしても、あらかじめ拒絶されている、そんな感情。人が封印しておきたい、日が当たらないようにしておきたい部分を人目にさらしながら、社会構造の深刻さを明らかにしていく。

とはいえ、現代社会に生きる人々同様に、小説の中でも登場人物の精神面、感情面は緻密に語られることはなく抑えめで曖昧なままだ。その反面、シンプルで簡潔、鋭利な文体が、舞台でも見ているように読者を引き込んでいく。事件を担当する警部の頭の中を覗いているような気にさせる。実際に、「ニーナ警部は私です」と著者は言う。ジャーナリストの経験のある彼女は観察眼に優れ、物事の表面の裏側にあること、会話で口にされない気持ちを見抜くのが得意だ。たとえば、それぞれの登場人物たちの手の動きが、時折、詳細に語られる。社会階層も年齢も、隠しておきたい気持ちも顔よりずっと如実に「暴露」してしまう手。登場人物たちが気づかない詳細にも、読者は目を光らせていられる。両親より先に結末を知らされているだけに、ひとつひとつの進展に余計にハラハラさせられ、「舞台」に乱入して、なんとかこの流れをせき止めたり、変えてしまいたいと思う。しかし、どこにでもあると思えた日常が音を立てて崩れはじめ、逸脱していく様子を読者は息を詰めて見つめているしかない。

ヌヌはなぜ子どもたちを殺さなければならなかったのか？　ニーナ警部と一緒に捜査をしているような気持ちで読み進めてみても、はっきりとした理由はわからない。

レイラはあるインタビューの中でこう答えている。「この小説は誰かを責任追及するものではない。自分自身、書きながら登場人物の誰ひとりとして、その善悪を評価しようとは思わなかった。出だしからルイーズが犯した罪について読者はみな知っている。それでもルイーズの人生を知るにつれて彼女に感情移入し、共感し、好きになってほしい、彼女の抱える暗黒さを、孤独を理解してほしい。人は人をカテゴリーの中に押し込めようとするけれど、文学の役割は人間が抱える様々な矛盾を見せること。日常目に見えるよりずっと複雑で、ずっと興味深い存在なのだということを見せることだと思っている。判断するのは読者ひとりひとり。人生には答えの出せないことがたくさんある。なぜ殺したのかわからないということを、あのような形で表したかった」

原題は『シャンソン・ドゥース』。やさしい歌。子守唄。タイトルを付けるのは得意ではない著者が、初めて自分で付けたタイトルだという。レイラは自分の子どもたちに、フランス人なら誰もが知っている子守唄、アンリ・サルヴァドールの「Une Chanson Douce」（やさしい歌）を歌いながら、子守唄には二面性があると感じたという。おとなにとっては子どもを寝かしつけたあとの時間が待っているが、子どもたちにとっては、耳にはやさしいけれど、麻酔をかけられるように怖い暗闇に投げ出され、何が起こるかわからない世界に連れていかれる歌でもある。ある日、ルイーズが子どもたちに子守唄を歌っているのを耳にしたミリアムが、きれいな声で歌が上手と褒めるシーンがある。ルイーズは子どもたちを寝かしつけるだけでなく、おとなのミリアムをもささやくように子守唄を口ずさみながら警戒心を解き放し、眠りにつかせ、自分の権力を築いていきたいと絶望的なまでに望んでいたのだろうか。

本作品は二〇一六年五月に発売され、同年十一月、ゴンクール賞に選ばれた。フランス文学界でもっとも権威のある賞だが、創設から百十三年間で女性の受賞としては十二人目、マグレブ出身の作家としては二人目の受賞となった。

レイラのデビュー作は『Dans le jardin de l'ogre（人食い鬼の庭で）』。息をするように、息ができなくなるまでセックスをする、性依存症の女性を繊細かつ情け容赦のない筆致で描いて注目を浴びた。

そして最新作は証言集ルポルタージュ『Sexe et Mensonges：La vie sexuelle au Maroc（セックスと嘘――モロッコの性生活）』。テレビでも映画でもラブシーンはカットされ、結婚前の性交、婚姻外の性交が法で禁じられ、堕胎やホモセクシュアルであることが犯罪とされる国、モロッコ。著者自身、男性と車の中にふたりきりでいたことで娼婦扱いされたという。そんな状況の中であえてこうしたテーマに挑み続ける彼女の望みはただひとつ。「挑発でも脅しでもない。ただ自由に生きたいだけ、自分の生まれた国の女性たちにも、フランスの女性のように自由に生きてほしいだけ」

二〇一七年十一月、レイラ・スリマニは大統領府エリゼ宮に呼ばれて、エマニュエル・マクロン大統領より、「フランコフォニー担当大統領個人代表」に任命された。モロッコ系フランス人作家としてフランス語圏を代表する重要な声となり、フランコフォニー常

よまにゃ

にんげんは、
悩むのが好きだなぁ。

設評議会にフランス代表として出席するなどフランス語の普及に努めていく。まだ三十六歳という若さ。順応主義を嫌い、自身を「反発分子でフェミニスト」と自称する彼女はいつか、モロッコ女性の性の解放さえやってのけるかもしれない。

パリの書店で発売当初から平積みにされていた『シャンソン・ドゥース』。ガリマール出版の、書名と著者名だけの極めてシンプルな表紙。遠くからひたひたと不安が迫ってくるような、心をざわつかせるタイトルに惹かれ、一気に読んだのが二〇一六年の夏。久しぶりに覚えた興奮を集英社クリエイティブの編集者・村岡郁子さんが分かち合ってくださったことを機に始まったこの冒険（というのも一冊の本を訳して日本の読者の方々に送り届けるまでは、大海原に乗り出していくような作業だから）。いつも適切な視点とやさしい言葉で叱咤激励し、プロの情熱で見守り、支えてくださったおかげで長い航海を無事に終えることができたことに、心から感謝の意をお伝えしたい。

二〇一八年三月

松本 百合子

●集英社文庫

砂の本

ホルヘ・ルイス・ボルヘス　篠田一士＝訳

ある日、ひとりの男がわたしの家を訪れた。聖書売りだという男は一冊の本を差し出す。ひとたびページを開けば同じページに戻ることは二度とない。ページが湧き出しているかのような、それは無限の本だった……。表題作「砂の本」をはじめとする十三話。ほか「汚辱の世界史」を収録。

集英社文庫

ヌヌ　完璧《かんぺき》なベビーシッター

2018年3月25日　第1刷　　定価はカバーに表示してあります。

著　者　レイラ・スリマニ
訳　者　松本百合子《まつもとゆりこ》
編　集　株式会社 集英社クリエイティブ
東京都千代田区神田神保町2-23-1　〒101-0051
電話　03-3239-3811
発行者　村田登志江
発行所　株式会社 集英社
東京都千代田区一ツ橋2-5-10　〒101-8050
電話　【編集部】03-3230-6095
【読者係】03-3230-6080
【販売部】03-3230-6393(書店専用)
印　刷　図書印刷株式会社
製　本　図書印刷株式会社

フォーマットデザイン　アリヤマデザインストア　　マークデザイン　居山浩二

ISBN978-4-08-760748-2 C0197